Máquina de leite

Szilvia Molnar

Máquina de leite

tradução
Marcela Lanius

todavia

Para Ryan

*[...] de dentro das paredes
da minha exausta-mente de mãe.*

Catherine Barnett, "Summons"

*[...] qual é exatamente a relação
da loucura com a tradução?
Onde a tradução acontece na mente?*

Anne Carson, *Float*

O sol de agosto se precipita com toda a sua força pelo nosso pequeno apartamento no terceiro andar. A bebê em meus braços é uma sanguessuga, vamos chamá-la de Button. Button está chorando. Não faz muito tempo que ela chegou a este mundo, de um jeito violento e sem rodeios. Estamos sozinhas e encasuladas neste apartamento de dois quartos até que não estamos mais, pois alguém bate à porta. O som estranho faz Button chorar mais forte e eu fico sem saber o que fazer. Sou mãe desde que Button saiu de mim e, apesar do tanto que já tive que abraçá-la, ainda não abracei o título.

Aqui dentro, o ar está paralisado, a luz é direta e os sons ecoam pelas paredes. Estou suando.

Deixo Button em uma espécie de contêiner acolchoado de descanso perto do sofá da sala e ela emite sons de decepção, largos e grosseiros. Tomo uma decisão diferente. Pego-a nos braços e afasto meu robe para o lado, trazendo o corpo dela para o peito. É um gesto que ainda me vem desajeitado, o peso dela diverge do que minha mente espera segurar e meu próprio corpo esquenta mais um pouco. Os cheiros que estão em nós e ao nosso redor chamam atenção para si próprios, sou levada ao desconforto e sinto asco do meu estado atual. Foi um dia sem fim e sem ninguém.

Um braço e uma mão controlam o corpo da bebê, a outra mão abre o sutiã de amamentação para liberar o seio. Meu mamilo marrom-escuro brilha à luz do fim da tarde e eu lembro que o pôr do sol, essa hora de ouro, é a minha hora favorita para andar pela cidade onde moramos.

Antes de Button chegar, eu ia a pé para qualquer lugar e sair do apartamento era uma incumbência simples. Durante uma pausa da biblioteca ou da escrivaninha, que é onde grande parte do meu trabalho acontece, eu muitas vezes me aventurava pelas ruas movimentadas na esperança de que o ritmo da cidade chutasse em minha direção uma palavra ou duas, uma frase, uma ideia ou um sentimento que fossem úteis para o texto que eu estivesse traduzindo.

Depois de quase dez anos como tradutora, meu trabalho ainda era em grande parte uma labuta. Não o trabalho em si, necessariamente, porque havia prazer em tentar achar a palavra "certa" (um conceito equivocado que ainda é usado aqui e ali por muitos dos meus colegas). Forjar meu caminho trajando uma pele de camaleoa era agradável, mas a luta incessante por mais dinheiro, bolsas ou quem dirá aquele pagamento de royalties era cansativa. Eu não era do tipo de tradutora que me importava, mas precisava do dinheiro como qualquer outra. Estar na periferia do mercado também não era problema — a competitividade peculiar até me divertia. Eu já conhecia alguns editores que me consideravam de confiança e alguns escritores que gostavam do meu jeito de trabalhar. Minhas últimas traduções até vinham sendo elogiadas na imprensa, de modo que meu nome ocasionalmente também aparecia nas capas dos livros. Às vezes eu me deparava com perfis biográficos dos autores naquelas revistas de sala de espera. Eles vestiam suéteres pesados de lã e posavam com olhar sorumbático em direção à escarpada paisagem escandinava. Assim como qualquer outra pessoa comum, sou vaidosa demais para negar que gostaria de ser fotografada no mesmo ambiente descolado, mas, no final das contas, não sou competitiva. Visibilidade não é o que desejo.

Eu ainda não era órfã, mas já vinha me distanciando da família há tanto tempo que a certa altura estava caminhando para longe do passado, talvez apenas para me descobrir satisfeita no presente. Em termos literais, isso significava ganhar a vida de forma modesta nos Estados Unidos como tradutora de literatura sueca.

O sol está se pondo e preciso abandonar esses pensamentos; estou aqui com Button e isso é tudo o que sou. Este é o ato, eu estar aqui.

Com a mão na parte de trás da cabeça dela, coloco seu rosto em direção ao meu mamilo e uma boca desdentada se abre. Ela abocanha com lábios suaves feito peixe. Eu me contorço com o desconforto inicial da mordida.

Na maioria das vezes, não sei o que estou fazendo. Button é empurrada para tão perto do seio que talvez tenha dificuldade de respirar. A frustração chega em seu pequeno corpinho empacotado e ela grita, mas o guincho que sai não é alto o suficiente para sobrepujar a segunda rodada de batidas na porta. Button me deixa nervosa. Eu a cerco com os braços. De novo, as batidas, mais fortes. De novo, não sei o que fazer.

Em circunstâncias diferentes e em um mundo diferente, eu teria ignorado a interrupção e seguido meu dia, e, se estivesse esperando alguém, estaria preparada. Talvez possa fingir que estou indo dormir, deixar o robe mais apropriado e prender de novo o cabelo. Talvez possa culpar Button por minha aparência desgrenhada. Talvez possa decidir nunca mais ter que lidar com o mundo lá fora e talvez a pessoa que esteja atrás da porta possa me livrar deste desconforto. Talvez, nesta batalha, a escolha já tenha sido feita em meu nome.

Manobro nós duas em direção à entrada e Button enfim mama ritmada entre respiros. Seus movimentos repetitivos me lembram braçadas de nado peito debaixo d'água. Ela vai se saciando lentamente com o conforto que o leite traz, seu corpo tranquiliza e se rende à satisfação. Respiro fundo.

Pelo olho mágico, reconheço Peter, que para mim é apenas o nosso vizinho de cima. A cabeça quase careca dele aparece dilatada feito um balão e amarrada bem justa ao corpo comprido e delgado, acompanhada de um par de olhos miúdos que se movem, aguardando uma reação. Estanco, sem saber ao certo o que ele quer a esta hora. John, meu marido, deve chegar em casa a qualquer momento.

O ar está inerte, tanto lá como cá. Abro a porta, me perguntando se não fui eu que pedi isso.

Depois que a colocaram em meu peito no início da manhã, eu era como algo que se vê espalhado ao longo de uma estrada, um item que antes fora valioso. Eu era uma lata de refrigerante, uma meia, um cigarro fumado até a metade, um pedaço de chiclete, um brinquedo sem cabeça, uma roupa de baixo usada. A tampa solitária sem sua garrafa. Eu tinha sido atropelada e jogada de um lado para outro pelo tráfego, pelo vento e por outras formas de agressão. Ainda assim, uma onda desvanecente me dizia que eu seria capaz de fazer aquilo tudo de novo. Era o corpo me enganando, me fazendo acreditar que dar à luz me tornava invencível.

Nos momentos apressados após o nascimento de Button, o quarto zunia com enfermeiras e médicos entrando e saindo, para ver como eu estava, como a bebê estava, para verificar as informações listadas em monitores, linhas e números aqui e ali. Controles eram pressionados. Roupas de cama, travesseiros e lençóis de papel enrugados eram ajeitados ou descartados e substituídos por outros, novos. Líquidos transbordavam de mim, líquidos eram inseridos em minhas veias, e um cateter foi fincado dentro da minha uretra.

O dia acelerava à revelia e nós duas também, até que de repente estávamos sendo carregadas para cima e para baixo. É só um exemplo de como a vida é criada, e no meu caso foi com brutalidade. Mas não tenho certeza se é possível evitar a brutalidade no parto. *Brut, brutus, bruto...* uma "besta" criada pelo homem não é bem o que quero dizer nesta tentativa de descrever a experiência, mas é a primeira coisa que me vem à mente.

Palavras e expressões tremeluziam diante de meus olhos, John saltitava suave de um lado para outro, sempre obstruindo a passagem de alguém que tentava chegar até mim e sem saber ao certo como conduzir sua presença ao redor dos outros. Ele disse estar aliviado por Button ter nascido no fim de semana, que assim ele não precisava faltar ao trabalho, ao passo que eu não tinha nenhuma noção de tempo, só queria saber para onde estávamos sendo levadas.

Enquanto me empurravam por corredores longos e genéricos, eu só pensava: *eu me entrego a este momento.* Não havia outra escolha.

No cair da noite, quando a torrente de funcionários do hospital ou amigos ou parentes de John amainou e o quarto ficou tranquilo como se eu tivesse sido esquecida, eu só conseguia sentir meus mamilos, expostos logo tão cedo, doloridos das primeiras mamadas de Button. Ao fundo havia ecos indistintos de bebês chorando e enfermeiras conversando, indicando que o turno da noite estava prestes a começar.

A parte inferior do meu corpo estava dormente por causa da medicação, e eu, com a virilha desajeitadamente empapada graças ao pacote de gelo que derretia entre as pernas, queria torcer a cabeça de Button.

Ela estava comigo fazia algumas horas, tinha ficado quietinha durante quase todo esse tempo, e lá veio um anseio, direto como a fome.

Vou torcer você feito um pano molhado.

O quarto escuro do hospital pegou a minha ânsia e imediatamente jogou-a de volta para mim.

É um dia simpático de outono, com pessoas ainda ávidas por estarem do lado de fora antes do inverno nos fechar do lado de dentro. Estou indo me encontrar com John no restaurante italiano das redondezas onde os garçons do Leste Europeu são indiferentes à nossa presença, mas a comida é em conta e acalenta. Fico pensando que vou sentir falta de estar sozinha com meu marido. Estamos tentando engravidar e isso me lembra dos nossos primeiros meses de namoro. Naquele tempo, vivíamos em um estado perpétuo de despir para vestir para despir de novo, sempre ajudando o outro a enxugar fluidos da boca, das costas, da barriga, dando risadinhas enquanto arrancávamos os lenços da caixa, sentindo que éramos mais jovens do que o normal e esquecendo que horas eram. Agora, recém-casada, eu me deito bem quieta a fim de evitar que os líquidos escorram para fora de mim. Minhas vitaminas pré-natais são ingeridas regularmente e meus ovários estão otimistas quanto ao futuro.

Nesse meio-tempo, nossa rotininha semanal continua. Enquanto você ainda é um pensamento e eu fico matutando como vou me ressentir de você depois da sua chegada. Você vai acabar com a paz. Vai atrapalhar a minha liberdade. É bem possível que você um dia venha exigir que eu me desculpe, mas só estou sendo sincera. Quero você na mesma medida em que tenho medo de você.

Caminho até o restaurante da placa em neon e, pela janela, vejo John. Um homem tão lindo, ainda mais belo à distância. Um garçom me indica com a cabeça a mesa na qual ele está sentado, lendo no celular. Porque ele me ama, John nota quando chego no restaurante e guarda o celular. Ele me observa enquanto vou me aproximando e, ligeira, sento-me ao seu lado porque sei que ele gosta quando podemos ver as mesmas coisas, é um detalhe que ele uma vez compartilhou comigo. Trocamos relatos rápidos de nosso dia: o dele no escritório, o meu na biblioteca.

Ele brinca com o saleiro e o pimenteiro que estão à mesa. Deve estar com fome. Fazemos pequenas pilhas de sal no formato de meia-lua perto de nossos copos de água gelada e ignoramos a carranca do garçom enquanto ele anota nosso pedido. Ficamos apoiados um no outro e não falamos muito até a comida chegar.

John fica mais animado quando começa a partir uma baguete, mergulhando pedaços irregulares no azeite, com um dos braços em volta de mim. Me conta de um artigo que leu recentemente sobre mudanças climáticas e como é vantajoso para os habitantes do norte da África saberem mais sobre esse assunto, porque assim conseguem se preparar melhor e preservar suas fazendas e colheitas.

Mergulho o pão de crosta grossa no azeite medíocre, dando meus pitacos ou fazendo perguntas aqui e ali. Quando estou com John, sempre me sinto à vontade. Enquanto o escuto falar, fico pensando se a palavra "compatível" tem alguma conexão com "compaixão".

Uma salada grega é colocada na nossa frente, assim como uma tigela bem servida de espaguete com linguiça e brócolis. Dividimos a comida com diplomacia e trocamos pratos em movimentos sincronizados, suaves. O restaurante está zunindo, e amigos e familiares alheios ocupam quase todas as mesas. O ambiente parece vivo, feliz e faminto. Os garçons entram e saem da cozinha, levando os pratos cheios até as mesas, ziguezagueando para não esbarrarem uns nos outros. Descrevo a tradução na qual estou trabalhado, sobre uma mulher cujo marido se suicida alguns dias após o nascimento do filho, e a recapitulação que a personagem faz de como eles se conheceram, namoraram e depois se casaram faz com que você, que está lendo, comece a achar que ela levou o companheiro a se matar. É um livro bem longo, *longo demais.*

Mas não tem grandes desafios em termos de estilo, então vai ser rapidinho.

Rodopio o macarrão com o garfo e cato alguns pedaços de brócolis.

Devo terminar até o Natal, e desta vez vai entrar um dinheiro bom.

Falamos sobre o que daria para fazer com esse dinheiro; talvez guardar um pouco, talvez usar o outro pouco para viajar, mas John quase nunca consegue folgar no trabalho.

Com o corpo relaxado por conta da saciedade proporcionada pela comida, ele começa a zombar da minha cara.

Por que é que esses escandinavos são tão obcecados com a morte?

O que você quer dizer com isso? Eu sei exatamente o que ele quer dizer com isso.

Sempre tem alguém morrendo nos seus livros. Ele usa um último pedaço de pão para limpar os restos de comida e azeite no prato.

Não é verdade. Dou um sorriso largo. *E os livros não são "meus."*

São, sim ele responde, lembrando que os últimos quatro que traduzi eram sobre uma esposa que adoecia de câncer, um filho que sofria uma overdose, depois tinha um com uma criança que morria e por último uma mãe que falecia logo depois de ter dado à luz.

Tá, eu admito que é uma quantidade razoável de mortes.

Mas pelo menos eles pagam o nosso aluguel acrescento, descontraída.

Verdade. Quem sabe você não fala sobre o oposto disso no livro que vai escrever ele diz, cheio de bom humor, e eu respondo que é para ele parar de ser bobo, mas gosto do que ele pensa de mim. Vamos adentrando o final de ano sem grandes resistências.

Não me lembro de ter acordado porque não me lembro de ter pegado no sono. Está claro lá fora e estou descansando na cama. Ainda sou um item descartado, como naqueles primeiros dois dias no hospital com Button. Estou revivendo o parto de novo, não é? Presa em um déjà-vu.

Pelo barulho, percebo que John está no outro cômodo, então ele não pode responder à minha pergunta, e Button por certo não pode me ajudar. Pedaços de remela mancham meu travesseiro. Uma inocente pluma que de alguma forma foi parar em cima do lençol, ali na beirada da cama, balança uma vez só no quarto inerte. A luz que brilha pela janela faz o espaço cintilar de um jeito suave. O moisés ao meu lado está vazio, então minha mente contempla a ideia de que Button foi-se para nunca mais voltar e eu posso retornar à escrivaninha como antes. Me imagino sentada, sozinha, com os cotovelos apoiados na mesa de madeira e a caneta esboçando a primeira versão de uma tradução ou tomando nota de cenários só meus. Serena nas águas da interpretação e satisfeita com minha própria companhia, mergulho cada vez mais fundo em uma história que é sustentada por amor, ciúmes, desespero, tragédia, morte e herança.

A luz do final da manhã e meu corpo pesado indicam que alguns dias se passaram desde que dei à luz e sigo tão exausta que me sinto um caroço. Isso provavelmente seria considerado um trecho bem ruim se fosse publicado, mas é a verdade nua e crua.

Um caroço. John costuma zombar de mim porque deixo apenas o cálice da maçã ou o caule da pera quando estou comendo.

Ainda deitada na cama, escuto um leve burburinho das visitas, os amigos e parentes dele dizendo

As primeiras semanas são dureza.

Mas "duro" não tem um sentido só.

Uma coisa são paredes de cimento que são duras de quebrar, outra coisa é um pau duro. Uma coisa é dormir feito pedra, que é dura, e outra é a dureza de não lembrar quando foi a última vez que se teve mais de duas horas de descanso ininterrupto. É isso que a "dureza" faz com a mente e este corpo duro é o meu corpo, e o meu corpo está tão cansado que está me perdendo, me abandonando. A sombra estirada debaixo de mim é tão lenta que daria para pegá-la pelas beiradas se eu saísse correndo em disparada, mas não há a menor possibilidade de que eu saia em disparada.

Na cama, meu ventre me encara, inchado e negligenciado. *É este o meu caroço? É este o caroço de mim?*

Cutuco e puxo o excesso de pele por todos os cantos. Meus dedos afundam bastante, desaparecem em protuberâncias curiosas de pele esticada. Não dói; é a ausência dela que está se projetando, se movendo meio desajeitada por todo lado como um colchão d'água. Meus seios formigam. Um absorvente cheio de sangue no meio das minhas pernas precisa ser trocado. Consigo sentir o peso contra uma das coxas. Tomara que eu não tenha manchado a cama. Não seria a primeira vez neste curto período de tempo.

Escuto sons mais altos vindos do outro quarto e agora a total e inconteste compreensão de que Button não está grudada a mim me faz pular da cama. Estou tendo um ataque cardíaco. Eu me deito no chão e rolo de um lado para o outro porque estou coberta em chamas. Minhas ações não são ágeis, ainda há lugares que eu não sabia que podiam doer. Mas, sim, começo a pegar fogo se ela não está comigo. O leite vaza devagar para o sutiã, manchando o tecido em grandes pústulas. A metamorfose do parto me deixou irreconhecível para mim mesma. Levanto-me e tento cobrir esse novo eu, enrolando camadas de roupas em meu corpo disforme. Um osso range, áspero como um velho piso de madeira. Dores aleatórias e estranhas emergem do estômago para depois se dissiparem. Preciso esconder essa presença, preciso me esconder da vista de John.

Por que a sua xícara de café foi parar no freezer? John pergunta, com a cabeça dentro do compartimento frio. Ele está ninando Button com um braço só, como um quarterback que protege a bola, e eu estou parada atrás deles na cozinha aberta, minhas mãos vazias e desajeitadas, sem saber o que dizer. Sinto a faixa do robe em torno da cintura; sei que poderia dormir por dias a fio. O ar frio da geladeira escapa e desaparece pela sala.

Dá ela aqui eu peço.

Eu não sei do que você tá falando digo.

Depois de algum tempo, John aparece para dar abraços e beijos, e as dores em meu corpo reaparecem quando ele me toca.

Estava todo mundo aqui. Eles mandaram um abraço pra você. Estão bem felizes por nós. Ele quer continuar me tocando.

Para, por favor.

Sento-me com Button no sofá e tento achar uma posição confortável, arrumando e rearrumando meus braços ao redor dela.

Que foi? Eu só te contei o que eles falaram...

John retorna à cozinha e começa a preparar uma refeição para nós. Ele resmunga sobre como está frustrado por ter que voltar ao trabalho amanhã, *é cedo demais.* É cedo mesmo, não pode ser verdade, só que é e nós sabíamos que isso ia acontecer. Daqui de dentro do apartamento, vou ter que navegar sozinha por este novo terreno desconhecido.

Ele coloca um prato com sobras dentro do micro-ondas e fecha a porta. Começo a puxar minhas roupas para o lado por conta de Button, tentando não entrar em pânico.

Quando fica sem dormir, você derruba coisas. Você coloca coisas em lugares nos quais essas coisas não deveriam ser colocadas, porque provavelmente não cabem ou lá não é o lugar delas. Objetos aparecem só para desaparecer e perdem seu propósito no novo lugar em que você os colocou.

Quando fica sem dormir, você esbarra no batente da porta, colide com a quina da bancada, tromba o pé em todos os cantos pontudos. Seu marido comenta, *Tá explicada essa quantidade de roxos*, aludindo ao seu jeito desastrado que se evidencia pelos cantos do corpo.

As coisas aparecem. Peter durante o pôr do sol. Você pisca com um olho de cada vez e as coisas desaparecem, assim como as palavras — os arrimos do seu "ganha-pão". A forma do dia se converte em algo intratável e injusto. A noite está vindo te pegar e você terá que enfrentá-la sozinha.

Viro-me para encarar John com Button ainda em meus braços.

Você ouviu isso?

O micro-ondas apita.

Ouvi o quê? Ele tira o prato do micro-ondas.

Tá vindo do andar de cima tento explicar. *Parece um instrumento de música, cheio de lamúria.*

Insatisfeito com a temperatura, John recoloca o prato dentro do micro-ondas. Nós dois paramos por um instante para ouvir, mas ele só consegue escutar o zumbido persistente do eletrodoméstico.

A gente tinha que tentar arrumar mais tempo pra você dormir ele sugere tão casualmente que é como se fosse um item disponível para eu pegar na prateleira de uma loja. O *"a gente"* dessa situação parece algo vindo de outro idioma que não o meu. Que coisa fácil para ele dizer, e o micro-ondas apita uma segunda vez.

Seu bebê tá chorando Peter avisa antes mesmo de eu terminar de abrir a porta. Como se eu não conseguisse ouvir o timbre da bebê que guincha aninhada em meu braço. Não acredito que abri a porta na esperança de que fosse me trazer algum tipo de alívio; em vez disso, agora tenho que dar explicações a esse vizinho aleatório que está bem na minha frente. Peter é um homem alto e de aparência minguada, com feições que estão chegando à reta final do envelhecimento. Ele transfere seu peso para uma das pernas e Button agita o ar na entrada do apartamento. Ao lado de Peter está um tanque de oxigênio com tubos que serpenteiam em torno de seu corpo como trepadeiras em uma árvore. O homem e o tanque formam uma dupla estranha, mas claramente têm que estar juntos.

Preciso dormir ele diz, dirigindo o olhar até mim. As batidas consecutivas ainda ecoam fracas em minha mente, chegam pouco além do meu pequeno hall de entrada. Suas mãos estão cravadas no tanque com muita firmeza, como se ele estivesse se agarrando ao tempo. Explico que a coisa que mais quero é silenciar a bebê.

A bebê tá irritada ele continua, e não sei dizer se esse homem tem autismo, é senil ou simplesmente irritante. Como não tenho nenhuma experiência com pessoas senis ou no espectro autista, chego à conclusão de que ele é irritante. Peter não percebe meu sarcasmo.

O choro de Button agora é um aguaceiro, daqueles sem mais nem porquê, e não sei por mais quanto tempo consigo sustentar a situação. Seus lamentos berrados estão batendo contra as paredes e as paredes do apartamento se despedaçaram do teto até o chão, estão se fechando ao meu redor. Isto tem que acabar.

Ponho para fora um seio nu e repleto de leite e espero que o homem olhe para o outro lado ou finja olhar para o outro lado porque estou pouco à vontade, insegura e ainda não sei bem como realizar essa ação, mas ela é necessária e vai ter que acontecer. Há um chiado do tanque de oxigênio e em seguida o silêncio. Por mais estranho que pareça, é o silêncio que nos une. Já que estamos testemunhando um pedaço de nudez, estamos todos juntos nessa. A tranquilidade precisa ser alcançada e Button se conecta à única coisa que existe para ela. Emborcando com a boca repleta de peito, ela enfim sossega. Minha cabeça esfria por um segundo.

Viro as costas e com passos desajeitados levo Button até a sala de estar. Neste novo silêncio, escuto o leve *tum* que o cilindro de Peter faz ao bater no chão de madeira do apartamento, e a porta se fecha atrás deles. Estou exausta demais para me preocupar com quem deixei entrar em casa. As paredes ficam onde estão, por ora. A debandada do sol jogou uma sombra tranquila no cômodo.

Você não é dos Estados Unidos meu vizinho declara, e é fácil perceber com essa afirmação que ele também não é. Localizamos um ao outro em um mapa imaginário, comparamos os anos e os lugares mais recentes onde vivemos neste país. Ele é um dos moradores mais antigos do prédio e me sinto jovem quando ele conta como era a vizinhança muito antes de eu me mudar para cá com John. Peter também aparece no apartamento como uma pessoa pela metade, alguém que se aferra a qualquer tipo de companhia, pois só quem está descontente bate na porta de estranhos.

Ela escuta música? ele pergunta, inclinando levemente o queixo na direção de Button, alheia a tudo que está fora daquilo que o peito oferece. Admito que não botei nenhuma música para ela escutar, já que ela só tem alguns dias de vida. Cerro os braços um pouco mais forte em volta dela.

Eu tocava pra minha esposa ele acrescenta, e finalmente compreendo a origem do sotaque, como ele é áspero nos cantos das letras e sempre enfatiza a primeira sílaba de cada palavra, mas de modo geral vem mascarado sob décadas vividas longe de seu país natal.

Agora não mais. Peter dá uma batidinha no tanque.

Somos três colunas vazias. Nesta união, escuto a mim mesma partilhando detalhes da minha vida que nunca partilhei com ninguém.

Por exemplo, o jeito como o sol da tarde sombreia o apartamento nessas últimas semanas de verão e as muitas silhuetas que se criam à noite. A profundidade, a largura e o tamanho da escuridão vão surgir diversas vezes em nossas trocas, e durante esses momentos Peter segurará o tanque com firmeza para descrever a esposa. Falará dela de um jeito que dá a entender que ela não está mais aqui. A morte é tão recente que ele percebe como o cheiro da esposa tenta permanecer nas roupas que eram dela, mas não consegue.

Quando está muito cansado, Peter declara *Tenho que dormir.* Ele muda de temperamento e se vira para ir embora, arrastando o tanque atrás de si. Deixa a porta aberta e também um rastro irregular de folhas quebradas e secas, que estavam atochadas nas rodas do tanque.

Às vezes, para fazer com que Peter volte, uso meu dedo mindinho e desengancho os lábios de Button agarrados ao redor do mamilo, deixo arder, deixo o leite pingar, só para ela ressuscitar aqueles berros. Ela se agita em meus braços, tinge o rosto todo de vermelho, mas vale a pena. Só para não ficar sozinha.

Nosso prédio abriga uma grande variedade de pessoas. Somos velhos e somos jovens, viemos de muito longe ou estivemos sempre aqui. Quando é hora da janta, panelas são mexidas e as escadas se enchem com o aroma de condimentos aquecidos. Querendo ou não, o cheiro de casa, independentemente de como cada um de nós interpreta esse conceito, emana de um lugar para outro.

Pacotes são entregues em nossa entrada adornada com portas duplas e, se o destinatário for um vizinho cujo apartamento fica antes do seu, você pega o pacote para deixá-lo na porta da pessoa. Pequenos gestos como esse sustentam o prédio.

É de manhã, mas já não tão cedo, escuto a primeira enxurrada de vizinhos que sai do prédio, as pessoas que seguem para o trabalho. Encho uma caneca com café recém-passado, deslizo os pés para dentro de um par de sapatos e vou até os degraus que conectam a calçada ao prédio. A bebida é quente, retinta e tem gosto de vida adulta. Beber uma xícara de café do lado de fora do prédio é um hábito reconfortante. O ar da manhã desanuvia a cabeça, o trânsito de carros e pessoas excita a mente e a cafeína faz crescer a vontade de trabalhar. Não sou capaz de conjurar um jeito mais simples de começar o dia antes de me sentar à escrivaninha.

Depois de algumas semanas, os movimentos e hábitos dos vizinhos passam a ser facilmente reconhecíveis; a maioria é previsível, vários carregam uma expressão preocupada em seu semblante e minha mente se volta para os dilemas que enfrento em meu próprio trabalho.

Por mais que eu tenha apreço pela tradução, me deparo com momentos nos quais o discurso em torno da prática me enche de tédio.

A gramática é útil, mas as regras parecem ridículas. Veja bem, eu sigo a maioria das regras e dependo da imparcialidade para ganhar dinheiro, mas também já me peguei fatiando uma frase ou outra para "melhorar" a tradução ou quiçá o original. A adaptação é minha parceira. Negociações são necessárias. Também não estou algemada à noção de exatidão, às vezes é mais importante indicar a direção do movimento insinuado por uma palavra do que encontrar a palavra certa. Quanto maior for a minha conexão com as intenções da autora ou autor, melhores as minhas chances de saber o que revelar na minha interpretação daquele texto. Para falar a verdade, sou mais uma intérprete mesmo, mas os acadêmicos gostam de dar importância à competência da linguagem. Talvez eles também estejam certos às vezes.

Talvez a resposta seja que não há uma só resposta.

É difícil dizer quantos minutos fico sentada nos degraus com o meu café. Vejo o tempo na minha frente, nos homens e mulheres que se dirigem a outros lugares, alguns com crianças que arrastam os pés e carregam mochilas pesadas demais e depois desaparecem para dar lugar à calmaria, mas não consigo sentir o tempo dentro de mim. Sábia como um venerável guru, tudo o que sou é o sentar e tudo o que sou é o beber do café. Não seria exagero dizer que este é o momento mais feliz do meu dia. *A artista em seu ateliê* é como John afetuosamente descreve o ato quando eu lhe conto sobre as manhãs nos degraus. Ele quer que eu dedique mais tempo à minha escrita, só que eu talvez não tenha ambição suficiente para levar isso a sério. Mas John não é insistente e acho que isto é amor, quando a outra pessoa não espera nada de você em termos de produtividade ou proezas. Essas são algumas das coisas despretensiosas que uma pessoa tem a chance de contemplar quando não está em dívida com vários ou muitos.

O aroma dos grãos escuros e torrados atinge meu rosto a cada gole e deixa minha pele um pouquinho gelada sempre que descanso a caneca nas mãos. Sentir as pequenas mudanças na temperatura, que dependem do sol e do vento e do calor do café, essa sim é uma conversa boa de se ter. Enquanto isso, também assisto às sombras do outro lado da rua tomarem forma no sopé dos prédios.

Quando minha caneca esvazia, a torrente de pessoas já diminuiu e a manhã se transformou em dia. Retorno para dentro do prédio e recolho-me à escrivaninha. Nada mais nada menos, mas é suficiente.

Começa logo nas primeiras horas da noite. Os calafrios aparecem junto com a febre, e os dois fazem com que eu queira sair do meu corpo. Não é como se eu quisesse me despedir de todo mundo na sala, com toda a calma, para só então seguir caminho. Quero sair pulando por cima das outras pessoas para dar o fora dali. Esse estado febril dura cerca de seis horas. Sei disso porque, com exceção da dor, apenas o passar do tempo consegue atravessar a minha mente. Em algum momento ao longo dessas horas, grudo Button ao peito e as mamadas arrancam a minha pele. Estou exagerando, mas é porque estou por um triz.

Após horas dessa loucura, uma dor lancinante atravessa cada seio e me dou conta de que é o leite vindo. Era por isso que eu estava subindo pelas paredes. Entro em modo de sobrevivência e, assim que posso, coloco Button em algum canto por um minutinho, junto todos os pacotes de gelo que consigo encontrar no freezer e cubro meu peito como um atleta exausto. O gelo cura, mas também enlouquece. Não entendo o que está acontecendo debaixo dos meus seios.

Fico sentada assim até os pacotes de gelo estarem quentes ao toque. Quando chega de novo a hora de dar de mamar, estou tão desconfortável que quase vomito. Minha mente quer engatinhar para longe.

Quando consigo me desvencilhar de Button, afasto-a como se ela fosse um objeto, ligo a água quente e entro debaixo do chuveiro depois de me despir. Viro-me de costas e deixo os jatos inundarem o espaço entre as escápulas, dou à água toda a minha gratidão. Faço o que posso para ficar em pé. Estou tremendo e isso me assusta, cubro o rosto com as mãos. Não que John fosse conseguir ver minhas lágrimas aqui dentro, mas cobrir meu rosto é a única coisa que dá para fazer, caso contrário posso acabar agindo de forma inaceitável.

Galenskap! Penso na palavra "lunática" e aí em "lua" e aí em como não tenho forças nem para uivar.

Depois de sair do chuveiro e ter me vestido, coloco Button novamente em meu peito quer ela queira, quer não, porque preciso que ela faça seu papel nesta história. Está na hora de ligar a máquina de leite.

E ai dessa criança se ela não me trouxer algum alívio.

Era um dia quente e úmido, típico da cidade, quando trouxemos Button para casa pela primeira vez. Havia um quê de novidade em nosso espaço, como se tivéssemos trazido algo vivo dentro de uma caixa com furos, uma coisa que já murmurava de jeitos que não conseguíamos compreender. Nossos poucos pertences, nossos móveis, nossos tapetes, cumbucas e sapatos, meus livros e estantes e papéis e meu laptop, nada havia mudado desde o nascimento dela. Minha escrivaninha continuava firme em um canto. Por isso eu perambulava pelo apartamento com a ilusão de que nós — John e eu — também não havíamos mudado. Só que eu mal conseguia andar. Definitivamente não conseguia me sentar. Eu só queria me deitar. Era a única coisa que eu queria. Era tudo.

O que é que foi isso? eu me perguntei.

Algum tipo de batida de carro e eu ainda sentia as reverberações pelo corpo, que havia sido arrastado como carne de açougue para em seguida ser costurado ou grampeado. Minhas roupas de repente estavam largas demais para minha estrutura achatada e, no entanto, eu estava redonda, repleta apenas de água. Leite e água. Talvez tivesse sobrado um pouco de sangue sendo bombeado até o coração.

Agora o corpo precisava ir ao banheiro. Era uma necessidade, e não importava o momento. Curioso como perdi tão rápido a ideia de "momento". *Momentum* significa algo parecido com "movimento, moção, poder ou ato de movimentar", mas também "alteração, mudança" ao longo de um "curto espaço de tempo", que tem uma duração maior do que "um instante", *ett ögonblick*, um piscar de olhos. Como uma baforada de cigarro que se submete ao ar, assisti ao momento desaparecer na minha frente.

O sol se impunha categórico em nosso pequeno espaço, não havia onde me esconder e eu esperava encontrar um pouquinho de paz no banheiro. John queria porque queria colocar jazz para Button escutar enquanto ela se acostumava com o novo lar. Com o dedão, ele fazia pequenas carícias no celular para encontrar a playlist certa enquanto a bebê se contorcia imprevisível no meu colo, como se fosse um molusco ainda vivo na tábua de cortar de um restaurante. Para libertar minhas mãos, coloquei-a no tapete ao lado da banheira e dei início à minha tentativa de fazer xixi.

Logo depois, no vaso sanitário e com a calcinha descartável enroscada nos tornozelos, usei o relaxante muscular que trouxera do hospital para atenuar um pouco da dor. Quando o jato atingiu os lábios no meio das minhas pernas, uma sensação de alívio surgiu e desceu em direção às coxas. Eu a senti até na garganta. Fiquei curiosa com o que estava borrifando em minha vulva e ergui o tubo. A parte frontal da lata me alertou para o fato de que o spray era "Para atletas". Removi o absorvente empapado e duro feito um tijolo, enrolei-o e, com um débil arremesso, joguei-o na pequena lata de lixo ao lado da banheira. Estranho como o sangue deixa de ser assustador após o parto e como essa mudança acontece rápido. Havia um pacote grande de absorventes debaixo da pia e, sentada no vaso, manobrei o braço para conseguir abrir a porta do móvel e puxar um novo de lá de dentro. Extraí a fita adesiva da parte de baixo, amassei-a para jogar fora e posicionei o novo absorvente na mesma calcinha descartável. Abri o recipiente que parece um pote para coletar os finos discos de algodão com hamamélis e enfileirei-os, um a um, em cima do novo absorvente, como se estivesse montando um sanduíche de delicatéssen. A calcinha já estava se desfazendo nas bordas e exibia longos fios dependurados. Puxei-a até a vulva e senti a punhalada dos pontos.

O resto da tarde passo no sofá, me acostumando com o peso de Button em meus braços e monitorando a primeira fralda molhada de xixi, a primeira fralda suja de cocô, a primeira expulsão de ar, a primeira soneca, a duração, o peso, a cor, o formato. Registrando, listando, anotando, às vezes cochilando. Averiguando e garantindo que ela está viva enquanto está vivendo. John curte a música que escolheu. Envia fotos de Button para os parentes e amigos. Sai para fazer compras ou resolver coisas na rua para nós. Sozinha no apartamento, encaixo as peças da bomba extratora de leite com a meticulosidade de uma assassina profissional que prepara sua estimada arma. Mas ainda não tenho a mesma destreza com meus apetrechos e esqueço de fixar as membranas e de deixar um pano no colo para o caso de pingar. Derramar minhas próprias gotas amarelas de leite assim tão cedo parece estranho e logo se torna inestimável. Começo a armazenar pacotes franzinos de leite no freezer. E se a quantidade não for suficiente para a fome dela? O processo de extrair o leite não é animador, mas há a obrigatoriedade de fazê-lo para começar a "produção", segundo as orientações do hospital.

Não olha lá embaixo pelos próximos dois meses murmuro para mim mesma.

Isso foi outra coisa que uma das enfermeiras noturnas me disse na minha primeira noite lá. Ela estava trocando minha calcinha, de forma cuidadosa mas também mecânica, da mesma forma que gazes são removidas de um soldado ferido, descartando meus absorventes empapados de sangue sem hesitar. Aquela jovem sabia algo que eu não sabia, e eu sequer sabia o nome dela. Eu queria que ela se debruçasse por cima da cama, colocasse a mão em minha testa e revelasse quem havia ganhado a guerra.

Confia em mim ela continuou seu discurso sobre minha vagina e fez uma pausa, inclinando-se por cima do travesseiro.

Você não vai querer saber.

Já de noite, era para ser o meu primeiro banho depois de ganhar alta do hospital, mas John é o primeiro a entrar debaixo do chuveiro enquanto eu dou de mamar. Sem toalha, ele se dirige até Button e eu com a intenção de nos encher de beijos. Seu esbelto corpo de Adônis me lembra de como ele era quando nos conhecemos. Ele tinha esse mesmo físico, o peitoral com aqueles pelos louro-escuros regularmente aparados, que ocupam uma largura do tamanho da palma da minha mão. Agora, com meus olhos cravados em sua forma tão asseada, sou tomada pela inveja. Durante todo esse tempo, a beleza dele permaneceu intacta.

Desde que o conheço, John sempre foi um bom homem. O tipo de homem que põe em ordem meu fundo de pensão, afia a única faca boa e leva os sapatos para terem as solas trocadas como um gesto romântico. Aquela pessoa que sabe um pouco até demais sobre lã merino e costura. A pessoa que encomenda vitamina D para o inverno, tão longo, e divide seu enorme estoque de óleo de peixe. Eu achava um mistério ele me amar. Ao mesmo tempo, era a única coisa que eu não me permitia abandonar.

E, no entanto, o nascimento de Button foi a morte de John. Não sei colocar isso de outra forma que não faça parecer como se ele estivesse morto. Ele talvez não esteja, e é claro que não está, e ainda assim, ainda assim.

Ele vem caminhando na nossa direção com o pênis rosado balançando suave de um lado para o outro, e eu me lembro de uma época em que só olhar aquele pênis já era suficiente para eu querer me deitar com meu marido, em qualquer lugar: na cama, no sofá, no chão. Agora, parece um desconhecido que me encara cheio de críticas, e pensar em fazer qualquer coisa com aquilo me excita tanto quanto manusear um aspirador de pó.

John se abaixa para beijar a cabeça de Button enquanto ela está agarrada ao meu mamilo e, mesmo sabendo que ele vai me beijar em seguida, essa troca de afeto me parece injusta. O carinho que ele demonstra a Button é uma traição. Eu a criei, então dê o seu amor para mim primeiro. Mas, ao mesmo tempo, quem sou eu para dizer esse tipo coisa? Não tenho vontade de retribuir. Meu corpo não lateja com todos os mínimos movimentos desse homem.

Sua vez John avisa com animação na voz, cheirando a água quente. Faço que sim com a cabeça, mas permaneço em silêncio e, depois que Button fica grogue do leite, passo-a para ele.

Atrás da porta fechada do banheiro, preparo a banheira e jogo mais ou menos uma xícara de sal de Epsom para fora do saquinho e para dentro da água, mexendo a mão em redemoinho no calor. Me apoio na banheira. A água corre suave e irregular pelos meus dedos. Até que eu me endireite de novo, sou apenas esse movimento. Livre por uma fração de segundo. A água escorrega dos meus dedos junto com todos os meus pensamentos, o que me faz lembrar a definição de "apaziguar".

Enquanto a água corre, tiro as roupas com cuidado. Não tenho medo do monstro que se apresenta diante do espelho. Tenho é medo de fazer algum movimento repentino e desatar os pontos, estourar os quadris. O corpo está em frangalhos. Estou cansada demais para me curvar e limpar o sangue do chão do banheiro. Ainda assim acabo pingando por cima da borda e dentro da banheira ao entrar, um ato que me custa um pequeno passo na frente da lata de lixo que contém todos os meus absorventes descartáveis e descartados, os restos de sangue coagulado.

Um choramingo vagaroso e triste vem do meio das minhas pernas, uma dor estranha e trepidante. Uma parte de mim tenta entender o que foi que eu fiz, e o resto é a ferida. O que foi que eu fiz para merecer isso? Quem causou este estado e como posso sequer começar a traduzir essa loucura?

Entro na água e, dentro dela, dobro-me em duas. De olhos fechados, consigo me ouvir mais alto do que o normal.

Por favor, só vinte minutos gorgolejo em direção ao chuveiro. Tinjo de rosa-claro a água ao redor das minhas pernas.

Lá dentro, sento-me e mais ou menos me acomodo com a cabeça encostada na borda da banheira. O calor da água me deixa ansiosa e sonolenta ao mesmo tempo. Eu gostaria de relaxar. O que poderia ter me preparado para isso?

Se ao menos a solução fosse tão simples como chorar.

Mas que merda.

Um som carregando uma forma que lembra música se materializa, vindo do alto. Uma melodia um pouco melancólica, compassada e demorada; é o acordeão do vizinho de cima. De olhos ainda fechados, levo a mão para baixo d'água e serpenteio até o espaço entre as pernas. Pequenos ferrões de metal cutucam as extremidades dos meus dedos. Pontos cobrem os pequenos lábios da minha vagina, tão inchados que mal consigo abrir os grandes lábios, então não abro. Depois de alguns dias sem me depilar, o tapete de pelos já começa a crescer com constância, talvez tentando encobrir a saída de Button.

Não são só os lábios que estão inchados. Na água, meu corpo flutua feito uma sacola de plástico cheia de ar. Com os seios grandes e o pelo crescendo entre as pernas, estou mais feminina do que nunca. Minha barriga, ainda saliente, e meus pés, ainda inchados de líquidos.

Pela porta, John avisa *A gente precisa de você aqui* e deste momento em diante nunca mais estarei sozinha.

No agora imediato, a música cessa. Me pergunto quem mais ouviu.

Vou observar todos os seus mais ínfimos movimentos.

Também vou amar você porque tenho certeza de que vai ficar muito mais parecida com o seu pai do que comigo. Você vai herdar os olhos amendoados e o nariz inconfundível dele. De mim, vai herdar as pálpebras caídas e a péssima postura. Talvez você seja devota e se ajoelhe em cima dos meus dicionários para rezar. Não vai demorar muito até que comece a imitar meus movimentos ou expressões e acabe me assustando com minha própria inaptidão. Tal como o dia de hoje, no qual sou lembrada dos meus próprios fracassos.

É uma simples tarde de outono e estou sentada em minha escrivaninha, tentando me concentrar com uma luz suave, quase invernal, brilhando pela janela. A mesa na qual trabalho fica em nosso quarto, ao pé da cama, escondidinha ao lado da cômoda. A escrivaninha e a cadeira cumprem bem sua função. É minha mente que está divagando, construindo diferentes cenários. Estou ficando impaciente, meus pensamentos fixados na sua possível chegada. Minha menstruação está atrasada e por causa disso oscilo entre está acontecendo, vai acontecer, está acontecendo, o que é que está acontecendo. Não é a primeira vez que esses pensamentos se embaralham, não é a primeira vez que minha menstruação me prega esse tipo de peça, mas desta vez tem alguma coisa diferente. Meu paladar está mudando, ainda que de um jeito quase imperceptível.

As páginas nas quais estou trabalhando não transpiram diversão: elas limitam e sufocam. O computador distrai, os cliques, o rolar do mouse, o abismo da internet. O fato de que o prédio está cochilando, sem movimentos e sons, como se estivesse fazendo a digestão de um almoço pesado, também não me ajuda.

E então, como alguns escritores colocam em seus livros, de um jeito tão frustrante e tão de repente: um pé-d'água.

Olho pela janela, esperando o que mais vem a seguir, mas a coisa termina antes mesmo de eu entender o que aconteceu. Pés rápidos se deslocam no andar de cima. Vou até o peitoril, destravo os dois trincos e levanto o vidro com as mãos. Deixo a vizinhança entrar e o cômodo ganha vida ao meu redor. Ele começa a respirar, e consigo ouvir lá longe pessoas verbalizando seus quereres em oitavas diferentes. Há até um arranca-rabo em alguma esquina, mas não dá para saber se é para valer.

Coloco a cabeça para fora da janela e espio na direção do céu. Algumas gotas estão pingando pela parede do prédio, escorrendo pela escada de incêndio. Na janela do andar de cima, duas mãos aparecem segurando um vaso. A planta é colocada ali e as mãos desaparecem. As folhas se mexem, mas só duas vezes. Uma das mãos aparece de novo e de novo segura uma outra planta. Os pequenos arbustos colocados naquele espaço são viçosos, quase translúcidos com suas folhas verdes, e tão cheios de vida. Um longo pescoço aparece, equilibrando uma pequena cabeça arredondada com um penteado curto que se dependura ao redor do queixo. O que observo neste momento parece ser natural e instintivo para a vizinha. Ali está alguém que me intriga. A mulher do andar de cima arranja as plantas com movimentos escassos e determinados. Ela usa camiseta de algodão, relógio, um anel fininho, mas colar não. Até onde consigo ver, não há nenhum excesso da cintura para cima. Melodias enérgicas transbordam de seu apartamento.

Ela desaparece pela última vez e fecha a janela. A música silencia. Só me resta observar as plantas dependurarem suaves ao ar livre e conjecturar sobre aquela mulher. A beleza de estranhos, a beleza de outras pessoas estranhas. Que tipo de história eu poderia criar a partir do que acabei de ver?

Primeiro me acomodo no silêncio das minhas falhas, depois retorno à minha escrivaninha com um pouquinho mais de paciência do que antes.

Durante o jantar, John me conta sobre os artigos que leu recentemente: estudos sobre a conexão entre patrimônio familiar e bens imobiliários neste país, os próximos passos das empresas de tecnologia climática e como os multibilionários estão tentando enviar carros elétricos para o espaço. Button está mamando e eu tento comer com uma mão só. Parece que está tudo bem com ela, ao menos por enquanto. As frases de John correm por mim como um rio e eu estou em pé dentro dele, com meus olhos no homem e mastigando, silenciosa, o pad thai embalado para viagem. Como posso contribuir para esta conversa? O que tenho para oferecer? Estou pensando sobretudo em meus mamilos, como estão em carne viva depois desses primeiros dias de amamentação.

Onde é que você tá com a cabeça? ele pergunta.

Desculpa, tô cansada.

Fixo os olhos no prato à minha frente.

Tá bem gostoso. Obrigada por ter ido buscar.

Né? ele responde, e retorna ao prato de macarrão. Um silêncio quica entre nós.

Um fole lento e triste engatinha para dentro da longa pausa na conversa. Desconheço por completo a melodia que vem do andar de cima, mas sei que gosto dela. Está sendo tocada para Button.

Inclino a cabeça na direção do nosso teto, querendo traçar o som com os olhos. Mas só consigo enxergar uns buracos mal remendados, um detector de fumaça silencioso e algumas sombras causadas pela luz do anoitecer no apartamento. John começa a explicar que a carne bovina é o novo carvão.

Recosto-me no ato de ouvir e a história dos meus pobres mamilos morre comigo. O fole se intensifica.

Antes de a música desaparecer, pergunto a John

É sério que você não consegue ouvir?

O quê?

Vem de lá de cima.

Talvez fosse melhor você se deitar um pouquinho.

Button está comendo de mim enquanto eu mesma estou comendo.

Deixa pra lá.

Uma fratura se forma no teto e a música diminui. Vai terminando lentamente. A ruptura acima de nós é sutil, mas perceptível o suficiente e eu já sei que precisarei lidar com isso antes que seja tarde demais.

Na manhã seguinte, meus sentidos estão aguçados. O creme de barbear com fragrância de sândalo permanece no apartamento mesmo depois de John já ter saído. Consigo farejar o cheiro de Button no outro cômodo, consigo sentir quando a fruta que está na fruteira passou do ponto, um fedor penetrante de fermentação emana de um pedaço de casca machucada. Escuto a polpa amarronzar. Exalar. Um odor similar emana do meu corpo. Confiro discretamente o canto da minha axila e é evidente que eu também já passei do ponto.

Peter, do andar de cima, está sentado à mesa de jantar. Ocupa a cadeira com muita naturalidade, como se fosse parte de algum ritual matutino, e esqueço que fui eu quem o deixei entrar para começo de conversa.

Ele se posta como um homem confiável, mas ainda assim translúcido dentro do apartamento. Vou até a cozinha para encher dois copos com água e, quando os coloco na mesa, tenho a sensação de que nenhum de nós dois vai beber nada. Peter começa o retrato da esposa.

Teve uma viagem para um trabalho de campo e teve um acidente, não faz muito tempo. Peter recebeu uma ligação dizendo que a esposa estava no hospital. Quando chegou lá, ela estava em tratamento intensivo e, no dia seguinte, ele voltou para casa com uma sacola de plástico contendo os últimos itens que ela usou. Estranho como o tempo pode esvair pelos dedos.

Enquanto ele enumera as coisas que ela tinha consigo quando morreu — um canivete, uma lupa, uma aliança, um lápis sem ponta, luvas —, vou até o quarto para tirar Button do moisés e aninhá-la em meus braços. Não consigo evitar a vontade de segurá-la enquanto Peter fala sobre morte, e ela deixa. Quando nós duas retornamos, a lista continua: botas de trilha, calça, uma camiseta de manga longa, um relógio com pulseira de couro, óculos de leitura...

Ninguém diz se tinha uma bolsa.

Na mesa de jantar, ele coloca uma mão sobre a outra.

Eu saí de lá com a casca.

Com Button mais ou menos contente em meus braços, digo a Peter que sinto muito e meu sentimento é mesmo genuíno. Pergunto o que a esposa dele gostava no trabalho dela e, do sofá, manobro Button para o colo. Ela continua a ser um pacotinho cooperativo e recua para o segundo plano. Sinto-me aliviada por não ter que amamentar de novo, pelo menos por enquanto, e por poder apenas tê-la de boa vontade em meus braços.

A paixão dela era o musgo.

As palavras são escassas até que ele começa a se sentir mais à vontade.

Uma espécie tão discreta de plantas, que existe aos montes e ainda assim jamais pede atenção. O musgo conforta, protege e nutre os outros — é possível dormir em cima dele, beber dele e usá-lo para se esquentar. É uma planta bastante altruísta, muito gentil e amável. O musgo também é uma paisagem, que se expande quando tiramos nossos olhos de cima dele e se faz visível quando menos esperamos. Agata contou a Peter que o musgo podia ter ambos os sexos e nenhum dos dois. E o musgo nunca machucaria ninguém. Era por isso que ela gostava tanto desse tipo de planta.

Agata repito, dobrando meus olhos na direção de Button.

A mãe era polonesa, mas ela mesma nasceu não muito longe daqui. Para os lados do norte. Mais perto das florestas do que da cidade.

Resisto à vontade de perguntar o que aconteceu com a esposa — não teria como uma viagem para pesquisar musgo ser tão perigosa assim, certo? —, mas é claro que quero saber.

Imagino Agata caindo de uma montanha, sem conseguir se segurar em nada. Imagino ela simplesmente se deixando cair, não consigo não imaginar. Talvez ela tivesse que cair.

Button se agita. Sinto os intestinos dela gorgolejarem no meu colo. Um cronômetro começou a contar.

Ela vai explodir.

Eu queria que essas palavras tivessem sido pronunciadas da forma mais amistosa possível, mas Peter se movimenta. Combalido, ele se esqueceu de que havia uma bebê entre nós durante todo esse tempo, alguém com necessidades mais imediatas. Button começa a berrar. Peter fica sem jeito. Ele bate em retirada, se retira. Nós três nos contorcemos de desconforto. Que desperdício de dia, e a coisa estava só começando.

A porta se fecha atrás dele e a mim resta um objeto estranho. A saída de Peter é sentida assim que ele vai embora, o ar do cômodo estanca novamente e eu não sei o que fazer com nós duas. O cronômetro está em contagem regressiva acelerada. Me passa pela cabeça que quando limpamos Button, à noite, o corpo nu que tenho em minhas mãos (mal e mal é um corpo *de menina*) parece um frango daqueles que se compra em supermercado. Seria bem fácil fatiá-lo, mas não devo acolher pensamentos desse tipo. Uma imaginação tão vil precisa ser expulsa da minha consciência. Voltando para a pele de Button, é uma tela macia e desguarnecida, com o coto umbilical ainda tentando se segurar ao centro do corpo.

Quando John fica responsável pelo banho, eu me retiro para outro cômodo da casa. A nudez dela também expõe seu tamanho diminuto. Não consigo lidar com a ideia de que ela pode escorregar pelos dedos dele como um sabonete e cair no chão, plaft, mas a imagem dá voltas e vai se deformando na minha cabeça. É bem possível que mais cedo ou mais tarde eu tenha que reconhecer que estou enlouquecendo.

É que às vezes eu me imagino esmagando Button com o pé.

Lá vem o pensamento medonho de novo, mas desse jeito o berreiro acabaria de vez. Eu poderia voltar para a minha escrivaninha e ninguém sentiria falta da bebê. Eu teria que limpar a meleca do meu pé, os intestinos escorregadios, o crânio molenga, o sangue rosado... Jogaria o papel-toalha emporcalhado bem no fundo da lixeira e seguiria meu dia.

Button está gritando na minha cara. Meus pensamentos evaporam. Agora seus gritos doem, porque ela está toda vermelha. Meus seios escutam. Hoje o desamparo dela está especialmente irritante. Mas será que eu conseguiria ao menos capturar o momento quando o dia de hoje começou? Afinal de contas, isto aqui não tem início e não tem fim.

Decido caminhar com Button em círculos esfacelados pelo apartamento. Agata é um pensamento que já parece pertencer a semanas atrás. Meus movimentos não estão ajudando, ela ainda está irritada.

Coloco-a no trocador, desembrulho, desaboto, desdobro, rasgo a fralda, puxo lenços, limpo com os lenços, pego uma fralda limpa e reposiciono no corpo dela. Fecho o velcro da fralda no lado esquerdo, fecho o velcro da fralda no lado direito. Abotoo a virilha e dobro seu corpo inteiro em um pacotinho. Ponho-a no colo e carrego junto comigo enquanto como, enquanto cago, enquanto escovo os dentes. Enquanto isso tudo acontece, Button é uma coisa grudada. Eu a coloco no chão, mas ela se contorce e não consegue relaxar, então eu a seguro de novo e tento deitar nós duas no sofá. Vai ver estou me mexendo demais. Isso faz ela guinchar. Vai ver estou me mexendo pouco. Eu me levanto e balanço de leve de um lado para o outro no meio da sala. Sequer tenho um parceiro para me conduzir, mas vamos dançando essa dança desajeitada por um tempo.

Durante o ninar, que é para cima e para baixo, de um lado para o outro, a imagem de uma enorme aranha aparece no canto do teto. É como a gigantesca *Maman*, uma mãe silenciosa com a qual posso contar. Sei disso por conta de seus movimentos calmos e pesados. Ela me encara, sabe que apareceu porque minha mente pediu por ela.

Por favor, faz uma cama pra mim com a sua teia declaro por cima do choro de Button. *Por favor, faz isto parar.*

A aranha maternal inclina a cabeça para o lado, lambe as patas e começa a fiar uma teia delicada com o traseiro. É um trabalho belo e delicado este que ela está tecendo no canto do teto. Ela é obediente. Eu me balanço. Button está chorando com o rosto ruborizado. Continuo a me balançar.

Quando a aranha termina o trabalho, ela recua, rasteja até um canto e deixa o cômodo. Uma rede prateada fica balançando no ar.

É ali que eu coloco Button, dou de costas e vou embora. Não há mais choro algum.

O silêncio que chega quando Button repousa é tremendo. É como se um novo som me envolvesse, criado pelo ar, pela eletricidade e por aquilo que resta da minha mente. A geladeira zune, a máquina de ruído branco reverbera com constância, o chuveiro pinga e um sinal dispara em minha cabeça.

Nesta nova tranquilidade que se coloca, consigo sentir o gosto do tempo, e o tempo tem o gosto do meu hálito podre.

Depois disso tudo, John volta para casa. Mais tarde do que o normal, o que talvez explique os suspiros.

Esse prazo novo tá me matando ele diz enquanto tira os sapatos de couro. Coloca uma palmilha de madeira de cedro em cada calçado.

Só quero terminar logo esse projeto.

Ele vai até a pia da cozinha para lavar as mãos, arrastando consigo outro suspiro. Depois vem até nós duas com ternura, cheirando a trânsito e oleosidade, mas sobretudo ternura, e pergunta sobre as *meninas* dele. Não aconteceu nada com a gente, aconteceu? Bom, acho que esse é o problema, no caso.

Ele se deita no sofá perto de nós e indica, com as mãos, que quer Button. Ela está curtindo mais uma onda pós-mamada, olhos fechados e boca aberta.

Não tem fim eu declaro, então. *O ciclo não tem fim.*

Passo Button para ele, que enterra a cara no pescoço dela. Ele puxa o aroma com o nariz. Ela é uma criaturinha passiva e rosada.

Você conseguiu descansar um pouco, pelo menos?

Tentei. É mentira.

Tenho vontade de me atirar no sofá, mas percebo que já estou sentada nele. Encaro a sala vazia.

E que tal você tentar ir lá fora?

É uma sugestão tão aleatória, meio quando estranhos param você na rua para pedir informação sobre como chegar a algum lugar.

Não sei onde fica isso.

Como assim?

Ele posiciona Button mais perto do peito, sem a acordar.

É que é só sair que ela vai precisar de alguma coisa ou um vizinho vai reclamar do choro ou vai ter alguma entrega chegando.

Sempre tem alguma coisa.

Eles avisaram lá no hospital que as primeiras semanas iam ser dureza.

Ele faz essa declaração como se fosse a frase mais fácil do mundo.

Fácil para eles avisarem, só que isso não me ajuda em nada. Eu gostaria de não ter que lidar com nós dois tendo esta conversa.

John encerra o assunto com um *Deixa eu fazer alguma coisa pra gente jantar* e o fato de que ele já foi embora me deixa tão aliviada quanto decepcionada.

A primeira refeição que me lembro de ter feito no hospital foi a coisa mais extraordinária que já provei.

Alguém bateu no batente da porta porque não havia uma porta no meu quarto. A mulher entrou sem esperar por uma resposta, trajando um uniforme de enfermagem azul-escuro, e colocou a bandeja de plástico em uma mesinha. Era muito pragmática em seus movimentos e não parecia o tipo de pessoa que ficaria ali para bater papo. Deslizou a mesinha por cima da minha cama, como se fosse um braço estendido, levantou a redoma de plástico e a pôs de lado. Antes de sair do quarto, ticou meu nome em um prontuário. Agradeci.

Eu esperava uma refeição três vezes maior do que me foi servida, mas o que ali se apresentava como café da manhã eram três panquecas cansadas e achatadas, empilhadas uma em cima da outra, com uma porção de bacon para acompanhar. A carne se assemelhava a finas tiras de couro em vez de se parecer com algo vindo da parte comestível de uma barriga de porco. Um copo gelado de suco de laranja transpirava em cima da bandeja. Ele estava coberto com papel-alumínio e tinha como companheira uma porção de pudim de chocolate. A apresentação lembrava comida de avião, segundo John.

Você vai mesmo comer isso aí? ele perguntou.

Segurando Button embrulhada em um charutinho nos braços, ele disse que podia ir buscar uns sanduíches para nós, mas eu não lhe dei ouvidos.

Você não entende declarei, sem querer magoá-lo.

Eu preciso fazer isso. Eu tinha que comer, e comi e devorei aquele prato como se acreditasse que não haveria amanhã e sequer precisei engolir porque o interior da minha boca estava escorregadio, cheio de fileiras e mais fileiras de escamas de peixe, a comida deslizava sem atritos, e eu bebi tudo, traguei e entornei, não deixei nada que fosse comestível na bandeja. Ainda que minha fome fosse mais animalesca do que o bacon em meu prato, eu roí as fatias em busca de mais vida.

John desviou o olhar e me deixou fazer o que eu tinha que fazer. Ele começou a ninar Button de um lado para o outro e eu estava satisfeita, por enquanto.

O relógio do forno brilha 11:03, é noite. John tomou banho e já fez a barba. Está cortando as unhas do pé lá no banheiro, com a porta fechada, mas o cortador fatia até mesmo o ar do lado de cá. O barulho desbasta o que ainda existe de romântico em nosso casamento, que não é muito, porque há pouquíssimo de mim para dar ao John no momento, mas ainda assim me sinto na obrigação de me ocupar com alguma coisa.

Ao fundo, enquanto a escova elétrica dele segue seu caminho, vou juntando as louças que estão espalhadas pela bancada da cozinha e pela mesa de jantar. Abro a torneira e passo cada uma delas debaixo do jato d'água. Os últimos vestígios de comida escorrem dos pratos para o ralo. Ignoro a enorme faca que está na pia. A lava-louças está quase cheia, então preciso reposicionar algumas cumbucas menores e assim abrir espaço para as outras.

Button está em uma cadeirinha de descanso que balança sozinha, sendo embalada de um lado para o outro no meio da sala. Ela se contorce, mas não faz nenhum barulho. Isso quer dizer que tenho mais ou menos dez minutos.

Junto as mamadeiras gordurentas e deixo a água correr por cima delas e de suas tampas de um amarelo inocente. Talvez ainda tenha algum espaço sobrando na lava-louças. Button emite um som indistinguível e levanta um braço entortado. Isso significa que ela está beirando o descontentamento? Meu peito se expande de preocupação e me pergunto quantos minutos ainda tenho.

Jogo fora pedaços usados de papel-toalha e raspo o que sobrou de comida nos outros pratos. Nossos copos de água podem ficar, podemos usá-los de novo mais tarde. Lavo uma panela, uma frigideira e algumas conchas. Passo um pano nas bancadas e na ilha, e penso no que é que a noite me reserva.

Uma mosca de fruta decola na pia e eu acompanho brevemente seu voo em redemoinhos, pensando que eu poderia amassá-la com minhas mãos, mas que isso talvez faça Button estourar. Deixo a mosca se mover livre ao meu redor. Vai ver ela veio atrás de mim.

Já consigo ouvir Button. Há algo que ela quer e ela não faz rodeios. Seu corpo emite um choro baixinho de fralda molhada. Da escova de dentes vem o silêncio, que se prolonga e por fim se mistura aos movimentos habituais de John. Ele abre e fecha o armário do banheiro. Dá um último gargarejo, uma última cuspida e, quando abre a porta, o ar quente do chuveiro muda a temperatura da sala de estar. Seu cheiro limpo contém sândalo e água quente. A mistura desses dois anuvia o apartamento.

Os movimentos de John têm um gingado sonolento.

Sua vez ele avisa, passando um bastão invisível. Preciso correr antes que seja tarde demais. Ele se aproxima de Button todo nu e a observa lá do alto. Ainda há gotas de água em suas costas e o pênis ruborizado se pendura sem propósito na frente dela.

Ela começa a chorar. Foi o pênis que a assustou, eu também teria me assustado, mas, com poucos dias de vida, ela ainda não consegue enxergar muito longe. Pelo calor que emana do corpo nu de John, ela deve ter percebido que alguém estava ali perto de toda a sua pequenez e mesmo assim não a pegou no colo.

Quer que eu fique com ela enquanto você toma banho? ele pergunta, com os olhos ainda em Button.

Seria bom.

Começo a me despir e vou pendurando minhas roupas em vários móveis, deixando um rastro exausto por onde passo.

Acho que tá na hora de trocar a fralda dela acrescento, enquanto me direciono para o banheiro e fecho lentamente a porta atrás de mim.

Button abre o berreiro e eu, a água do chuveiro, tentando submergir os sons do apartamento. Abro os ganchos do sutiã, tão irrefutavelmente maternal, e observo meus mamilos que vazam. Pequenas gotículas de um branco transparente pingam até o chão; meu corpo chora por Button. Tal como uma torneira quebrada, é impossível pará-lo e impossível controlá-lo. Evito minha nudez no espelho. Não preciso de um reflexo para me mostrar que a barriga ainda está esticada mesmo após a partida de Button. A linha que se estende do abdome até a vagina ainda é longa e escura, e exibe um caminho que agora faz pouco sentido para mim.

Abro a cortina do chuveiro e piso dentro da banheira. Fecho a cortina e suspeito que tenho mais ou menos uns quatro minutos.

A primeira onda de fadiga abre caminho pela ruína que é meu corpo. Mas não é o suficiente para me distrair. Na sala, John engata uma conversa de uma pessoa só com Button, descrevendo as coisas que ele está fazendo e enxergando. Ela faz alguns barulhos desconexos e fora de contexto com o que ele está dizendo.

Quando ela silencia, eu me pergunto se foi porque John tirou a fralda dela. Isso talvez me dê mais alguns minutos.

Pego todos os minutos e o chuveiro se transforma na minha única alegria, ainda que meu corpo pertença a Button e esteja sempre me lembrando disso. Mas, aqui e agora, a água é minha companheira. Deixo que ela me encharque, engulo goles enormes dela, me deixo estar dentro dela, dobro-me nela, me entrego, quase desmorono. Darei de bom grado tudo o que ela quiser.

Com relutância, desligo a água e me seco vagarosamente, dando batidinhas com a toalha pelo corpo. Uma teia de veias esverdeadas se estende pelo meu peito. Fecho os ganchos do sutiã e escovo os dentes. Percebo umas marcas acinzentadas grudentas nas costas; são os restos do esparadrapo que foi usado para firmar a agulha da epidural. Cubro meu rosto de cremes, um gesto que parece mais uma piada, mas me mantenho otimista. Não faço ideia do que está por vir. Meus seios já incharam, retesados por conta da pressão do leite novo. Os mamilos formigam, como se ouvissem uma mudança de temperatura dentro do cômodo.

Quando termino, John está parado perto da porta do banheiro com Button nos braços, como se estivesse escutando o que eu fazia lá dentro.

Acho que ela tá com fome de novo ele indica, porque eu, claro, tenho todas as respostas. Ele olha para Button como se ela tivesse lhe contado algo enquanto eu estava no banho, mas ela não retorna o olhar para confirmar ou negar a declaração, porque é um bebê.

Deixa só eu pegar um copo de água respondo e sigo em direção à cozinha, onde me deparo novamente com o forno. Ele brilha 11:17 para os meus olhos e eu apanho um copo. Enquanto espero ele se encher de água, penso em tudo o que pode acontecer hoje à noite. E, ainda assim, nada pode me preparar para o que vem pela frente.

Observo a escada de incêndio ereta lá fora, vazia, sem passarinhos ou plantas. A estrutura metálica, um esqueleto grandalhão e cheio de sombras que se agarra ao prédio no meio da escuridão, está mais sólida do que nunca.

Pronto declaro. *Dá ela aqui.*

À noite eu pesquiso coisas na internet, coisas assim:

emorrioda

o Google corrige automaticamente

hemorroida sintomas
hemorroida tratamento
prisão de ventre tratamento
o que é hamamélis
o que são briófitas
o que são gemas em musgos
por que recém-nascido regurgita

Hoje eu

Como é que eu posso dizer isso

Não consigo sequer sentir que hoje é um dia, como a gente faz quando acorda de manhã e se remove do pensamento da noite. Não se trata de saber que dia é hoje, se trata de adentrar um estado perpétuo de estar sempre "fornecendo", v. bit. *gerúndio*. Estou vivendo com Button, que só sabe consumir, ainda indiferente ao mundo à sua volta, ainda uma coisa que usa o olfato para agir. Ela só quer se embrenhar naquilo que está imediatamente à sua frente — meus peitos, minha pele, meu calor, meu cheiro.

O dia de hoje começou às 3h12 da manhã, quando dei de mamar por uma hora e depois passei mais outra hora segurando Button no colo porque ela começava a chorar quando eu a colocava em qualquer outro lugar.

Já existiu uma descrição da mãe que passou horas segurando a filha nos braços? Alguém já desenredou aquelas horas miúdas? O estado em que me encontro talvez seja um retrato sobre a elasticidade do tempo.

Agora já são 5h25 da manhã e John ainda dorme pesado. No quarto escuro da bebê, nós duas percorremos símbolos do infinito pelo chão com o ruído branco ciciando ao fundo. Consigo divisar os contornos dos móveis ao nosso redor enquanto vou ninando para a frente e para trás, para trás e para a frente.

Diligente como uma religiosa durante as orações diárias, me balanço em movimentos repetitivos. Eu me agacho. Ando na ponta dos pés e danço pequenas valsas com ela — dando voltas e mais voltas — e canto as músicas que sei de cor e cantarolo todas elas sem parar, invento-as em novas melodias e continuo balançando e continuo dançando, e há um limite de até onde consigo aguentar. Ela me força a aguentar. Então eu aguento. Tenho que aguentar. Mas onde se pode encontrar mais de si mesma para dar depois de já ter dado tudo o que tinha?

E mesmo assim você encontra, você ainda tem mais. De dentro de algum caroço, você continua a respirar. Não é a criança que está em guerra com você, é você que está em guerra consigo mesma e o tempo é o árbitro. Implacável na maioria das vezes, ainda que nem sempre, e vulnerável a persuasões.

Eu nos atiro no sofá e nós duas caímos no sono e a noite se esvai por completo para dar espaço à manhã sem que testemunhemos a transição.

Um minuto ou uma hora mais tarde, o alarme do quarto começa a tocar e o barulho artificial enerva minha mente cansada. Quase esqueci onde eu estava. Lá fora, um caminhão de lixo vai fazendo sua rota matutina com sons que não têm remorso e não têm beleza.

Como Button ainda está em meus braços e ainda está quieta, eu me deixo estar no sofá. Enterro nós duas ainda mais próximas uma da outra e ainda mais fundo, estamos hibernando debaixo de mantas e almofadas, e, com olhos anuviados, vou acompanhando John em sua rotina matinal. Me sinto como se estivesse no teatro, assistindo a um monólogo. Ele acende as luzes dependendo do cômodo em que entra e não as apaga depois que sai. Ele se veste enquanto toma café da manhã; conversa com a plateia que está no sofá.

Eu tava lendo que camarões criados em cativeiro chegam a emitir quatro vezes mais gases de efeito estufa do que os bovinos.

Eu continuo hibernando. Ele abotoa a camisa.

A gente tem que parar de comer camarão ele continua, entre colheradas de cereais ricos em fibras e empapados de leite. A colher e a cumbuca fazem sons ligeiros quando se esbarram e não tarda até a melodia matutina passar a incluir também a colher e a cumbuca sendo colocadas na pia da cozinha. John dá seguimento à rotina e me beija com carinho na testa. Afaga a cabeça de Button antes de calçar os sapatos de couro. As palmilhas de madeira de cedro despencam uma em cima da outra no chão, causando um tinido desconfortável, mas o barulho é breve, então Button e eu podemos continuar em nossa aprazível soneca.

Qualquer coisa, me liga John avisa, fechando a porta atrás de si.

Um homem sai; mas o monólogo continua com um outro.

Reconheço os sons de Peter ao longo do corredor mesmo antes de ele chegar à nossa porta. Seu tanque, seguidor devoto, faz um *tum* lento e pesado toda vez que alcança um degrau. Posso ouvi-los respirando um logo atrás do outro, desesperadamente dependentes. Eles estão se aproximando.

Abrirei a porta para Peter. É a única escolha que posso fazer.

De dentro de nossa condição cavernosa no sofá, removo as camadas de cima de Button e de mim, ela está bem e eu também, acho, embora me dê conta de que estou faminta. A manta cai de nós e vamos em direção à cozinha. Button regurgita em mim e eu apanho um pano enquanto decido o que comer. Lá vem a batida de Peter. Vai ter que ser alguma coisa rápida de fazer.

Com o pano de prato posicionado em cima do meu ombro, Button me acompanha enquanto abro a porta e então, depois de colocá-la em sua cadeirinha de descanso, volto à cozinha para me alimentar. Não preciso me certificar de quem é que está à porta. O estranho casal marcha com dificuldade e, em algum momento, entra.

Estamos escutando uma cumbuca com mingau de aveia girar dentro do micro-ondas. Consigo esquadrinhar o ontem em minha boca e isso me faz lembrar que também estou com sede. Da cozinha, pergunto a Peter como é que vão as coisas. Ligeiramente curvado, ele parece cansado e solitário, mesmo na companhia de outras pessoas. Seus ombros têm um aspecto úmido, talvez até molhado, quase como se ele tivesse saído de uma estufa que acabou de ser irrigada, e os poucos fios grisalhos que ainda lhe restam na cabeça estão murchos. Ele sabe o lugar que ocupa no apartamento e com alguns passos chega até a mesa de jantar, onde se senta. Posiciona o tanque ao lado da cadeira e enrola o tubo ao redor da alça, movendo-o para o lado.

Tá quieto demais lá em cima.

Ele lança os olhos na direção de Button, talvez um pouco preocupado com a possibilidade de ela começar a expressar seu descontentamento lá da cadeirinha.

Agata deixou muitas plantas.

Peter acha que as plantas estão ficando frustradas com a ausência de Agata e o descuido dele. Está cada vez mais difícil cuidar delas. Ele rega todas, mas não consegue dar conta. Ele também esquece e acaba regando de novo quando não precisa. Possivelmente dando água demais. Quando pergunto se não há ninguém que possa ajudar com as plantas ou então tirá-las do apartamento, ele resmunga alguma coisa sobre ainda não ter tido chance de ligar para os ex-alunos da esposa.

Parece que Agata tinha muita dificuldade para conseguir bolsas de pesquisa. E até que faz sentido, quando Peter explica a situação. Musgo não é lá um assunto muito glamuroso. A maioria das espécies sequer tem um nome popular, de tão escasso o número de pessoas que as considera interessantes ou importantes. Elas costumam ser chamadas por seus nomes científicos em latim, algo que segundo Agata só fazia com que ainda menos gente se interessasse por elas. À noite, depois do jantar, Agata preparava um banho de banheira para si e, imersa na água quente, listava os nomes das espécies que ela sabia de cor.

Thuidium delicatulum
Grimmia pilifera
Hedwigia ciliata
Bazzania trilobata
Barbula fallax

Como se, ensopada dentro da água, estivesse recitando uma delicada prece. Continuava:

Dicranum fulvum
Fissidens dubius

A ideia de Agata na banheira me deixa com inveja. Digo a Peter que achei isso um amor, *Ela parece ter sido um amor de pessoa*, e ele resvala por acidente para sua língua materna porque isso que estamos falando sobre a esposa dele é a mais pura verdade.

Igen. Ele solta um suspiro que só quem é viúvo consegue soltar.

O micro-ondas apita para avisar que já terminou e eu pressiono a porta para abri-la. Minha mente começa a cambalear de fome, fica egoísta.

Eu não trouxe nada pra bebê. Peter me lembra que há o costume de levar um presente quando se visita uma criança que acabou de nascer.

Flocos de aveia espirraram para fora da cumbuca. Ai, que inferno.

Não tem problema. Eu não preciso de nada de você elaboro, toda indiferente. Mas quem sou eu para dizer alguma coisa. Só quero comer minha cumbuca de mingau de aveia.

Meu comentário o faz soltar um chiado. Eu ofendi o velho. Mas, claro, não sei o que estou dizendo. Com uma colher, tento colocar os flocos de aveia para dentro da cumbuca e assim evitar o resto da conversa. Mas, claro, não sei o que estou fazendo. Ainda preciso descobrir onde estão os limites da nossa dinâmica. O que está sendo oferecido e o que cada um deve aceitar do outro.

Peço desculpas para o interior vazio da caixa de metal, mas essas desculpas na verdade eram para Peter, e pego um papel-toalha para limpar a lambança no prato de vidro lá de dentro. Estou apenas piorando a situação, espalhando os flocos grudentos por toda a superfície, e minhas ações só contribuem para esse estado deplorável. Peter movimenta membros de seu corpo e se prepara para ir embora de novo, empurrando a cadeira para longe da mesa, e escuto uma mudança: foi quase imperceptível, mas as paredes se deslocaram de medo.

Só que, em vez de ir embora, Peter coloca um pequeno receptáculo de vidro em cima da bancada da cozinha e eu não sei de onde isso veio, foi como se ele tivesse puxado de dentro da manga da camiseta num truque de mágica ou tivesse escondido o item atrás do tanque de oxigênio. Essa nova presença dentro do cômodo é uma surpresa.

Um dos vários tipos que ela adorava ele me conta, pousando a mão novamente no tanque.

Enquanto engulo uma colherada de mingau de aveia, percebo que o interior do potinho está recheado com uma bolotinha de musgo vicejante, viçosa, verdejante.

Dicranum scoparium injeta Peter dentro do meu silêncio. Ou "musgo das emoções", ele acrescenta, me dizendo para ficar de olho nos humores daquela planta; quando ela recebe bastante umidade, fica toda redondinha e com a cor bem brilhante, e, quando o ar fica seco demais, sua estética se assemelha a fios de cabelo. O gesto, inusitado mas ainda assim gentil, aumenta o embaraço que sinto por conta do comentário anterior. Quero me esconder dentro da cumbuca de mingau de aveia, quero me refugiar nas tarefas da domesticidade, sem a obrigação de ter que cuidar de uma outra criatura viva.

Na ele diz, pondo-se de pé. Então tá. Ele deixa meu silêncio se prolongar.

Peter vai saindo com cuidado do apartamento, fazendo o caminho de volta para o andar de cima. Consigo ouvir todos os seus passos morosos e arrastados, sua respiração, passo, *tum*, respiração e passo e *tum*, cada um se repetindo até ele alcançar a porta do apartamento, que lentamente se abre e depois se fecha. As escadas silenciam. Ele ainda terá energia para quantas visitas mais?

Não tem graça é o que tenho a dizer.

John está no sofá, rolando de rir com um vídeo de um programa infantil no celular. Há um Muppet vestido de chef, dizendo que é sueco. John está com uma das mãos dentro da calça, mais confortável impossível. Eu estou recolhendo as coisas depois do jantar, mente e garganta repletas de náusea e fadiga. Minhas entranhas estão em obras, abrindo espaço para um possível bebê. Estou em um barco e dentro do barco estou caminhando em uma corda bamba e em cima da corda bamba estou bebendo um galão de água e a água tem gosto morno de água choca de um dia atrás e eu também tenho que lavar a louça, ser uma esposa fiel e uma profissional dedicada. É isso que está acontecendo. Meu marido está se divertindo às minhas custas e eu só quero tombar para um lado e me deitar.

A grafia certa é "pipøcä" e ele atira a cabeça para trás, gargalhando.

Ele nem tá falando sueco! Jogo um pano de prato na direção dele, meio para valer e meio brincando.

Mas é por isso que é engraçado! Espera, olha só essa parte aqui com o micro-ondas...

Ele aponta para a pequena tela. Se ajeita nas almofadas. Eu me sento ao seu lado.

Você adora me sacanear.

Não tem problema ele me sacanear. Coloco a cabeça na curva de seu pescoço. Pelo resto da noite, John fica cantarolando *börk, börk, börk.*

Estou comendo, mas me sinto tão cansada que erro a entrada da boca e acabo me espetando com o garfo. Estou tão faminta que transpiro enquanto como. Um pedaço da caçarola de batata-doce que alguém nos deu vai parar em meu colo, pedaços de queijo pousam em Button que, claro, está em meus braços. A desordem me deixa ansiosa, como uma louca. A desordem debilita. Cogito arremessar o prato para o outro lado do cômodo, mas estou faminta demais para desperdiçar um braço com isso. Minha bochecha está doendo. Eu me deixo ficar, em sofrimento.

Começo a comer com uma das mãos. Com aquela que não está segurando Button, enfio na boca pedaços de queijo emborrachado e batata, o gosto amanteigado me dá satisfação imediata. Estou comendo tão rápido que é difícil respirar. O corpo gostaria de chorar, mas sou teimosa demais para permitir que isso aconteça. Não consigo parar e não consigo me segurar.

Button afocinha a dobra do meu braço; ela também busca seu sustento. Impávida frente ao movimento e à transação, eu lhe dou um peito.

Agora estou com sede e isso precisa ser remediado o mais rápido possível.

Sem que eu precise pedir, John me oferece um copo de água. Ele estava sentado à minha frente esse tempo todo e eu sequer havia notado. Até esqueci como estou com saudade dele. Ele sugere algo sobre ser *mais gentil* comigo mesma, programar uma *saidinha* com a bebê. Atiro essas palavras para longe enquanto minha mente dá uma guinada egoísta, e emborco a água. Água nunca teve um gosto tão bom como agora, após o parto. Bebo até meu estômago doer, até o líquido escorrer pelos cantos da boca. Com a mão livre, seco tudo antes que os pingos caiam em Button.

Button, que está invariavelmente alheia a tudo. John, que está silenciosamente me observando enquanto termina de comer, sem a menor pressa.

O sono que eventualmente vem é como o tapa de um marido abusivo. Eu não me recupero e, quando estou dormindo, sinto que estou na vasta Via Láctea do sono, no fundo poço do sono, nos carrinhos de bate-bate do sono. Na cama, ao lado de um John adormecido e uma Button em um charutinho já meio desfeito, meus sonhos é que decidem se vou parar em uma casa mal-assombrada ou em alguma surreal xícara maluca, rodopiando no meio de uma montanha estapafúrdia rosa e branca com detalhes cintilantes. Parecido com a vez (na noite passada ou semana passada) em que sonhei que estava amamentando um filhote de guepardo ou que dei à luz uma ninhada de pintinhos transparentes.

Estou sendo atacada por um estranho que invade a minha casa ou então é Button, me acordando com seu choro. Quero deixar uma faca na mesinha de cabeceira ou então uma luva de beisebol perto da cama. Eu a escuto e puxo minha pistola de debaixo do colchão. Ela se inquieta e estou pronta para o mata-leão. Mas não é só o choro: de vez em quando, durante a noite, Button se movimenta e respira como se ainda estivesse chocada por existir no mundo. Isto é a vida e o *viver* se esgoela em seu pequenino corpo. O ar dentro de seus pulmões a surpreende, ela acha que está prestes a cair de costas e meus ouvidos, zelosos e atentos como os de um cervo, acompanham todos os seus movimentos. Fico imaginando onde será que ela acha que vai cair. Mesmo no escuro, mantenho os olhos bem abertos atrás de qualquer perigo à sua vida.

Agora, seu choro é de fome e meus olhos precisam se ajustar rápido à completa escuridão. Ela se desenrolou quase que por completo do charutinho, como num truque de mágica meia--boca. Consigo divisar uma linha na fralda. Preciso trocá-la no outro quarto antes de qualquer coisa e, baratinada de sono e sonambulismo, eu a agarro só para perceber que ela também fez cocô. Há uma névoa tenebrosa e leitosa ao redor de sua cintura. John continua dormindo.

Ainda está escuro quando eu a carrego até o trocador. O apartamento dorme em uma cama de silêncio.

Com medo de acordá-la por completo, não acendo nenhuma luz e preciso ir tateando pelos tons de azul-escuro dentro do quarto. Quando abro a fralda, mais escuridão aparece em sua vulva e nas partes internas de suas coxas. O cheiro pastoso sobe, toma a forma de uma nuvem e me cerca. Me movimento do jeito mais ágil que posso, puxando lenços umedecidos e manobrando as pernas dela, mas quanto mais cocô eu limpo, mais tenho a impressão de que só estou espalhando a sujeira. A textura melequenta é de uma teimosia implacável. Continuo limpando com o lenço. Não desisto. Button está aos prantos, com as pernas esticadas e tensas. Mais lenços. Meus batimentos cardíacos estão elevados, minha mente, agitada. Estou excepcionalmente encalorada. John continua dormindo.

Button comunica sua infelicidade e eu a escuto. Na calada da noite, tudo o que sou e faço é escutá-la.

Você chamou a Miffo?

Esta coisa que sinto, este estado em que me encontro, precisa de um nome, e lembro a mim mesma de que no hospital eles avisaram para não sacudir a bebê. A internet reitera essa mesma demanda. Uma mãe não deve sacudir seu bebê em hipótese alguma.

Não ouse sacudir a sua bebê, Miffo.

Com Button já limpa e os lenços sujos descartados na lixeira monstruosamente faminta, empacoto uma fralda ao redor de sua cintura. Visto Button novamente com suas roupas em mi-niatura e a embrulho até ela virar um pacote macio. Levanto-a acima da minha cabeça e a dela baqueia como uma tulipa pe-sada. Ela continua aos prantos.

Sério, que mal tem uma sacudida só?

Google:

sacos de dormir para recém-nascido
bebê pode morrer no charutinho
quais as chances do bebê morrer no charutinho
melhores métodos para fazer o charutino
privasao de sono
é possível morrer por privação de sono
é possível morrer de sangramento no ânus

Peter bate à porta uma segunda vez e é a segunda vez que eu atendo. Hesitei na primeira, me perguntando por quanto tempo isso se estenderia mesmo querendo que se estendesse. Ele me diz que a bebê está chorando. Achei que já tivéssemos passado por essa situação antes. Já passamos por essa situação antes.

Hoje, meu vizinho está mais curvado, com o olhar fixo em outro lugar que não em nós duas, carregando um par de ombros salpicados de poeira ou areia ou sujeira, alguma coisa. Ele tem cheiro de quem esteve lá fora, mas nunca vi esse homem ir além do nosso apartamento no terceiro andar. Como se confrontada por meus próprios medos, eu o observo mais atentamente ou pela primeira vez. Seus olhos são de um azul-claro, envolvidos em círculos e linhas que se alargam em ramificações compostas por rugas. Ele inclina a cabeça quase careca e grande demais para o corpo, e seus braços estão mais longos do que antes.

Peter trouxe consigo seu fiel escudeiro, e o tanque de oxigênio me fita como uma criancinha suspeitamente rija. Acompanho os tubos transparentes que vão até o homem, como eles serpenteiam e se dividem e volteiam abaixo das narinas e por cima das orelhas, atrás do pescoço. Como desaparecem para então se conectarem ao cilindro.

Button está enroscada em meu braço, grudada a um peito exposto. Eu não havia detectado o choro, tão suave e constante, até Peter chamar minha atenção para aquilo. O que eu estava fazendo com o meu dia antes de esse homem aparecer?

Pode fazer a bebê parar de chorar?

Ele explica que já dura mais de uma hora e é a primeira vez que me aparece uma vaga percepção do tempo.

Não consigo dormir ele afirma. *Preciso dormir.*

Há pequenos barbalhos em seu rosto, uma brancura salpicada pelo queixo.

Tento perguntar o que ele acha que devo fazer, já que ela é um bebê, ainda na primeira infância, penso comigo mesma, do latim "infantia", "in" de antes da habilidade de *"fans"*, no sentido de "falar", ou seja, a bebê não vai fazer merda nenhuma para te ajudar nessa. Será que eu deveria perdoá-la por todo esse estrago que ela está causando? De repente, já não tenho tanta certeza.

Meus braços a seguram ainda mais perto de mim, forçando um seio para cima e exibindo um decote. Peter está com uma das mãos cravadas no tanque, os nós de seus dedos esbranquiçados.

Faz a bebê parar ele reitera.

Button sossega quando eu digo o nome de Peter.

Não sei como posso ajudar você nessa.

Com seu sotaque atravancado, ele diz que não é ele que está precisando de ajuda; estamos tendo a nossa primeira briga, e ele não precisa me dizer que a escolha foi toda minha, mas escutar isso de um homem moribundo não ajuda em nada.

Talvez seja melhor você ir embora e com essa declaração eu encerro o momento e rejeito a possibilidade de sair do estado em que me encontro. Minhas últimas palavras reverberam pelo apartamento, impelindo uma grosseria junto a elas, e empurram Peter para o corredor. Ele se recolhe, assim como um animal amedrontado busca sua toca.

Antes de Peter se retirar por completo, um punhado de movimentos desconfortáveis acontece entre nós e me faz questionar se algum dia vou sair de dentro deste prédio. Em vez disso, são as paredes do apartamento que se movem, agora para mais perto de mim, enquanto o teto reverbera em moções ardilosas.

A porta se fecha e contemplo atirar Button pela janela. Meu corpo sabe que minha mente não está brincando, mas também sabe como me restringir. Button iria aterrissar em nosso pátio negligenciado, seria encontrada apenas no dia seguinte ou uma semana depois, e isso tudo enfim terminaria, mas, antes que essa ideia macabra continue a ganhar forma, há novas batidas à porta. É Peter mais uma vez, beirando a inexorabilidade, encorpando o ciclo inflexível, impedindo só com sua presença que eu machuque a bebê.

Reajusto Button nos braços e a arremesso por cima do ombro. Ela expele pequenas bolhas de ar. Um leite já coalhado, meio queijinho, escorre pela parte superior das minhas costas. Eu me contorço para limpar um canto da boca dela com a ponta do robe. Trajando novas manchas e pronta para pedir desculpas, abro a porta para o vizinho outra vez.

É algum momento durante o dia porque estou em casa sozinha com Button. Ela está chapinhando a esmo no colo, contraindo, retraindo, e John está no trabalho com a liberdade para pensar.

Abro meu sutiã, liberando o seio direito, e não demora muito até que Button fareje o topo da colina de leite. Observo-a mamar e mamar e depois engolir e engolir com pequenos e delicados lábios tateantes e observo o mamar por horas a fio.

Eu a observo por horas a fio, engolindo, e pegando no sono, e então dormindo, manobrando, atuando, querendo, recebendo e precisando, e precisando mais. Observo Button e não há mais nada no mundo a não ser eu observando e ela comendo de mim, tragando o momento. Este é o momento. Não é bonito, eu tenho vontade de me deitar, ela ainda está mamando e na maior parte do tempo eu só quero me deitar e não ter nem Button, nem John, nem nenhum deles querendo nada de mim, e enquanto isso ela continua mamando, porque não quero fazer coisa alguma de novo.

Não há nada que me faça querer ir lá fora, estar entre pessoas, plantas ou animais, entre cidades ou praias, entre amigos e conhecidos ou entre prateleiras de livros, clicar em pastas repletas de manuscritos e faturas, pagar por serviços, receber recibos, imprimir, acusar recebimento e aceitar, mas abandonar tudo também não é uma opção.

Será mesmo, Miffo.

Respirar e mamar. Porque Button vai morrer se eu a abandonar. E suponho que firmei uma espécie de pacto silencioso com John ou com a vida de que esta Button deve ser mantida viva, enquanto ela ainda está mamando e eu ainda estou observando. E, enquanto observo, penso em como na língua sueca a palavra *miffo* ('mI.fõ) tem sido usada para indicar uma inaptidão, alguém que nunca se encaixa, como derivação de *missfoster*, onde *miss* indica "erro" ou "falha" e *foster*, "feto" — em essência, uma monstruosidade.

Alguém interfona lá de baixo e interrompe meus pensamentos taciturnos com Button ainda no colo. Caminho até o monitor e nele vejo um cara ostentando um boné e uma estampa ilegível na camisa. Não reconheço a cor dessa empresa para a qual ele trabalha. É este o momento em que deixo um psicopata violento entrar no prédio? Será que ele esconde ferramentas afiadas naquela caixa? Será que vai picar Button em pedacinhos antes de me atacar? Um alarme de mãe animalesca, selvagem, começa a tocar dentro de mim.

Tenho uma entrega o homem declara, sem rodeios.

Pra quem é?

Ele olha para a caixa de papelão, virando-a nas mãos algumas vezes, e lê o número do apartamento.

3R ele confirma, sem olhar para a câmera.

O senhor pode me dizer qual o nome no pacote?

Pelo monitor, ele assume o semblante de um homem aturdido e tenta ler o nome mais uma vez. Acentua a sílaba errada, parece incomodado, fixa os olhos na porta, inclina a cabeça para trás, segura o pacote com mais força.

Aperto o botão para que ele entre.

Seus passos reverberam pelo corredor. Estão cada vez mais próximos, subindo até onde nós duas estamos. O homem também está cada vez mais próximo. Com uma teta para fora, eu me ponho em pé pronta para dar adeus à minha vida, mas, assim que abro a porta, escuto o barulho de um pacote sendo jogado ao chão e o homem já está descendo rápido os degraus antes mesmo que eu consiga encará-lo.

Na quietude estúpida que se segue, sozinha de novo com Button e sem ter muita certeza do que fazer, momentos do meu passado aparecem, irrompem como uma brisa inesperada, se demoram como o zumbido do ar-condicionado.

Estou na grama, atrás de uma igreja, com um garoto alto e magricela que tem um dos dentes da frente lascado, e nós estamos prestes a trocar um beijo mas meu telefone começa a tocar e são meus pais que estão ligando e eu atendo e meu telefone é do tamanho de um ônibus. Aconteceu alguma coisa, minha mãe está morta, um acidente horrível, e me lembro de arrastar uma mão suada pela coxa para secá-la na calça jeans. O garoto está decepcionado por conta da interrupção. Eu acho tudo aquilo muito estranho; vi minha mãe ainda agora. Ela estava bem viva na cozinha, me dando tchau pela janela enquanto eu saía para me encontrar com o garoto. Quando chego em casa, o silêncio é tamanho que parece que não há ninguém lá dentro. Uma vela está acesa em cima da mesa de jantar e o restante da minha família ocupa as cadeiras ao redor da luz solene. Vou ao banheiro e me deparo com uma única mancha úmida e brilhante na calcinha. Consigo sentir o cheiro do bafo do garoto em meu rosto. Toco com os dedos as cerdas da escova de dentes da minha mãe e elas ainda estão úmidas. No dia seguinte, o garoto vem tirar satisfações comigo na escola porque eu o larguei lá com uma ereção. *Tjenare Miffo*. Os colegas de classe se divertem com meu novo apelido. "E aí, tudo bem, Miffo?", e eu passo um mês inteiro sem falar.

Em um outro momento, estou comendo de uma cumbuca cheia das ervilhas-de-cheiro da minha mãe. Estou sentada em um cavalo, sem a sela. Estou gravando fitas cassete e escrevendo os nomes das músicas no encarte. Caminhando ao longo de trilhos abandonados de trem. Andando de bicicleta, sem capacete, em um infinito campo de colzas. Estou na fila dos correios. Estou esperando o trem chegar, lendo um livro enquanto aguardo na estação. O livro foi presente de um garoto com quem troco bilhetinhos durante as aulas. Outro garoto, não é o mesmo de antes. Uso uma das respostas dele como marcador de páginas. Estou roendo o esmalte roxo das unhas durante as aulas. Estou ligando para a rádio para pedir a minha música favorita. Com uma cassete virgem e pronta para gravar, espero paciente, tentando apertar o botão vermelho assim que meu nome é anunciado durante a programação. Me alimento de refeições congeladas no jantar. Retorno para o meu quarto.

Eu muitas vezes sou uma adolescente.

Eu pari e o parto fez de mim uma criança. Button saiu de mim, me virei para o lado e minhas pernas se enrodilharam em posição fetal. Nunca quis tanto a minha mãe como naquele momento.

Talvez tenham se passado uns vinte minutos, é difícil saber com tanto mamar e pensar e estar desprovida de pensar, e tomar nota do ponto em que estamos no dia não importa porque estou atada a Button. Sem que ela saiba, volto no tempo repetidas vezes e passo a tarde na biblioteca ou faço o caminho que sempre fazia a pé, da estação de trem até a casa da minha infância, e acompanho o céu mudar do azul para quase branco, do lilás para o rosa, até que minha memória desaparece por completo e ainda estou no mesmo lugar em que estava com Button lá atrás, quando comecei. Só que agora preciso trocar a fralda dela e não há uma casa para onde eu possa retornar.

Já existiu na literatura uma descrição sobre o que está em jogo quando se troca a fralda de um neném?

O horror da mundanidade. Ainda preciso encontrar a tradução apropriada para a experiência, mas me sinto compelida a tentar. Onde está o acordeão que vai me enxaguar para longe?

A ausência de Peter se faz sentir inteira. Acabo mirando meus pensamentos e preocupações em sua direção, mesmo quando ele não está aqui.

Foi um longo dia para nós dois. John buscou nosso jantar depois de sair do trabalho e a bancada da cozinha logo se vê coberta por sacolas de plástico, embalagens, invólucros, utensílios. O apartamento cheira a óleo e sal, sinalizando que estamos cansados, preguiçosos e famintos. Tenho me safado com algumas sonecas extras em casa, mas, não importa o quanto eu descanse, o corpo pede mais.

A comida proporciona uma satisfação imediata e deixamos vários pedaços de nossa conversa para mais tarde, para quando tivermos mais energia. John abre uma garrafa de vinho tinto para o jantar e passo a noite inteira fingindo que estou bebendo da taça. Muito fofo de minha parte esse teatrinho para engambelá-lo, e muito gentil da parte dele me deixar fazer isso sem mencionar o óbvio. O óbvio é que eu ainda não contei de você.

Vamos fazer a digestão lá no sofá. John limpa a boca.

Tá bem eu concordo, simples e bastante apaixonada.

Deixamos nossos pratos sujos em cima da mesa e nos atiramos no sofá.

Antes de se sentar ao meu lado, John liga o par de alto-falantes que fica na parede oposta. Rola o dedo pelo celular e encontra a playlist, diminui as luzes. Fica à vontade, senta-se ao meu lado e solta um suspiro profundo.

Tô cheio pra caramba.

Sua voz parece um pouco embriagada. Concordo, monossilábica.

A música que emana dos alto-falantes conforta. É animada, mas não é o tipo de melodia que faz querer dançar. Cá estamos, sentados, fundidos ao sofá e curtindo a companhia um do outro, *myser*. Penso no que os outros moradores do prédio devem estar fazendo em seus pequenos cubículos privados.

Isso é tão gostoso.

Eu me encaracolo dentro do braço dele.

Sentado, de olhos fechados e com a cabeça descansando na minha, ele suspira para concordar, e esta é só uma noite das muitas que passamos sozinhos em nosso simples sofá, em nosso simples apartamento, no meio da nossa vida tão simples e sem sentido. Isso foi antes de eu entender que era exatamente essa simplicidade que seria tirada de mim.

Hoje, assim como ontem, então vamos dizer que é amanhã, Button está grudada no peito e mamando e cochilando em um delicado ciclo ritmado. Estamos sentadas no sofá da sala de estar e estamos sozinhas em casa. Posso sentir meus pontos quando me sento, as pequenas punhaladas entre as pernas. A luz que vem lá de fora é silenciosa e gentil. Pela janela, vejo três rolinhas empoleiradas na escada de incêndio. Uma delas parece maior do que as outras duas, que têm penas mais delicadas e afofadas. Deve ser a mãe com seus filhotinhos.

Da janela, mamãe-rolinha me observa com delicada seriedade. Eu me pergunto se é minha vizinha. É a primeira vez que a vejo por aqui. A ave inclina a cabeça para um lado, e seus bebês dão pulinhos desajeitados pela borda da escada com uma expressão ambígua no bico.

Mamãe-rolinha é perceptiva, ela compreende meu estado e é por isso que está aqui. Ela apareceu para me amparar e, tão logo me sinto nutrida por esse pensamento, vai embora. Seus bebês começam a especular o momento de sua volta. Os piados logo passam a soar aflitivos. Começo a pensar em como as rolinhas pertencem à mesma família dos pombos e como "pombo" é uma palavra bonita em inglês: *dove, douve, dufe, dubon, dufa* para ser *duva*. "Você" também começa com "du" em sueco e esse som me lembra a ação de "tibungar", "mergulhar", "submergir".

Antes de Button dormir, mudo de posição e deixo que ela se recoste em meu ombro. Massageio suas costas com lentos movimentos circulares e direciono meu olhar novamente para a janela. Como a mamãe-rolinha não hesitou antes de alçar voo. Como estou tentada a fazer o mesmo.

O entardecer começou a engolir o prédio da frente e uma luz resplandecente se reflete nas paredes. Amontoados de cabos se dependuram em formações frenéticas. Eu me sento e observo. Nós duas estamos respirando e somos feitas do momento. É tudo o que somos, e estou tentada a admitir que existe certa beleza aqui, mesmo que seja uma bagunça.

Há um mundo do lado de fora deste apartamento e reconheço que há muitas coisas acontecendo para além deste cômodo. Atos como respirar, dormir, comer, cagar, podem não ter relevância para a maioria das pessoas, e mesmo assim Button e eu entramos numa dança, uma espécie de tango da sobrevivência que nos deixa desajeitadas e extremamente vulneráveis.

Não há como se desgrudar disso.

Quando ela está mamando: tenho cheiro de leite, sou de leite, sou o leite.

A manta de leite, a nuvem de leite, a cachoeira de leite, eu sou feita disso. A gota de leite, o rastro de leite, o escoar, o jorro, mais uma vez. Sou o fluído que flui livremente.

Leite em minha pele, seus resíduos ao redor dos meus mamilos, seco embaixo dos seios, molhado debaixo das axilas, ou leite que evapora em suor de mais de um dia. Leite em minhas roupas, por trás do meu ombro ou derrocado e já seco em meu peito.

Bafo de leite. Vestígios de leite, parecidos com pedaços de queijo cottage, se deixam ficar em cima de mim. Leite que se esconde em todos os meus cantos.

Há algum momento em que estou realmente limpa?

Apetrechos de leite, fornecimento de leite e a demanda de Button. A ideia de beber leite de um outro animal agora é grotesca e intrigante, um insólito par de emoções com o qual preciso lidar. Não consigo me distanciar da doçura do meu próprio leite. E ela gosta.

De todas as palavras que conheço em dois idiomas, "leite" é a única que memorizei aos montes: *milk*, *mjölk*, *mælk*, *melk*, *milch*, *molokó*, *mleko*, *lac*, *latte*, *leche*, *gála*; *tej* em húngaro, *süt* em turco.

Consigo escutar o acordeão, Peter está tocando no andar de cima. Uma melodia lenta e arrastada que me faz pensar em comunismo, pães e laranjas, bebidas destiladas e meias-calças que não servem muito bem e têm um rasgo aqui ou ali. Não sei praticamente nada sobre meu vizinho. O que devo fazer com essa possível relação? Será que ele acha que meus pensamentos são desprezíveis? Não sei se algum juízo de valor foi feito a meu respeito. Ingênua como uma garota apaixonada, fico na expectativa de uma nova visita. Que ele tenha forças para descer até o meu andar.

O corpo de Button se alivia com uma pequena explosão de ar e eu começo a niná-la de novo. Ela não é sequer do tamanho da almofada que está perto de nós.

E se a almofada acabar caindo em cima dela e sufocá-la? E se, neste meu delírio pós-parto, eu acabar deitando Button sem querer de barriga para baixo no moisés e ela morrer? E se eu um dia pisar nela? E se eu fizer qualquer coisa intencionalmente? E se eu deixá-la dormir por tempo demais e ela morrer sufocada nos meus braços? E se ela simplesmente parar de respirar algum dia? Com ou sem a minha intenção.

As perguntas são as mais banais, *ban*, *banel*, *bannan*, *banana*, *embananada*, e vejo que há algo regurgitado em meu ombro, já impregnado.

Para me distrair, abro o e-mail no celular e imediatamente me arrependo de ter feito isso. Minha caixa de entrada está abarrotada de mensagens não lidas já na casa dos dois dígitos, quase três. Editores que me perguntam quando vou poder ser agendada para novas traduções. "Agendada" — que palavra engraçada.

Alguns me mandam o original para eu "dar uma olhadinha". Algumas mensagens de felicitações, outras de spam. Uma ou outra ordem de pagamento por um trabalho já entregue. Uma ou outra newsletter de uma organização sem fins lucrativos. Não sei o que eu esperava encontrar na caixa de entrada. O celular é o dispositivo que menos conforta, um parasita sutil.

O acordeão segue com a trilha sonora da melancolia. O cômodo dilata e desinfla ao meu redor. Não vai demorar muito até que eu me transforme nessas quatro paredes e alinhe minha espinha dorsal em todas as quinas. Peter vai pousar a mão em meu ombro. Vai me escutar.

Tem como deixar agendada uma lasca de farpa?

Eu era tradutora, mas agora sou uma máquina de leite. Ambos são empregos solitários e não sou lá uma pessoa extrovertida, então, traduzir é algo que combina comigo. Não me importo de estar à sombra. Há um prazer meio masturbatório em produzir um livro que possa ser lido e aproveitado por outras pessoas, sem precisar lidar com a pressão de criar o texto. Ainda que eu tenha vontade de criar algo só meu. E, se o trabalho de uma mãe é em grande parte um trabalho que não é visto, traduzir talvez seja muito mais maternal do que eu achava.

Entre o passado imediato e o presente tortuoso, eu me abrigo atrás das minhas palavras. Há um punhado delas que repito para John quando ele está em casa, mas, para além de *Dá ela aqui* e *Pode segurar ela um pouquinho?*, como é que explico para ele o que está acontecendo? O fato nu e cru é que estou em casa sozinha com uma bebê o dia inteiro. *Jag är hemma med en bebis hela dagen lång*. Sequer estou à minha escrivaninha, estou é de pé no meio de quatro paredes, me segurando mas apenas por um fio. Outras mulheres já fizeram isso antes de mim e nada mudou. E outras mulheres farão depois. Talvez nada mude.

Esse conceito não pode ser literatura.

Desisto de remoer essas questões e enterro meu rosto no pescoço de Button. Inalo o aroma de sua pele amanteigada e me acomodo na nuvem de seu cheiro até ela precisar de mim novamente.

Há algo de estranho no ar. Em nós. Estou de quatro no chão.

O que você tá fazendo? John pergunta, limpando os pratos depois da janta, passando um pano nas bancadas da cozinha. Eu estava amamentando Button, mas me esqueci do inusitado presente de Peter ali, dando sopa, e agora tento esconder o pote de vidro com musgo debaixo do sofá.

Só... guardando um pote.

Do que você tá falando?

Um vizinho me deu.

Que vizinho? Você não encontra ninguém. Ele está ocupado com a lava-louças, evitando meus olhos ou prestes a ficar de saco cheio de mim.

Aquele senhor lá do andar de cima, que tinha uma esposa botânica. Já te contei dele.

John está me inspecionando. Consigo vê-lo no meio de seus pensamentos, cogitando se começa ou não uma briga comigo.

Ela não era briologista?

Você me entendeu.

Que seja. Não me lembro de você me contando nada disso.

Ele continua na lida com a lava-louças, como se a conversa na verdade fosse com ela. Explica que isso que estou fazendo não parece lá muito saudável, que não é normal eu não ver ninguém, ficar toda *reclusa* assim, me comportar desse jeito estranho, não encontrar nenhuma pessoa — não dá para ficar assim. Ele está tentando abrir meus olhos para o mundo que existe do lado de fora de nosso apartamento. Há mais na vida do que *isto aqui*. Evito suas declarações, mas compreendo a irritação. Ele teve ter tido um dia difícil, cheio de reuniões. E não digo isso para insultar, não totalmente.

Não faz tanto tempo assim tento mentir enquanto subo no sofá para grudar Button de novo a mim.

A atitude dele não se tranquiliza de todo.

É só que é um saco ter que trabalhar o tempo todo. Só isso.

E você parece diferente ele acrescenta.

Bom, eu tô diferente.

Ele vem na nossa direção e tira Button do meu colo. Tal como o item que ela é, o pequeno bastão é passado adiante, mas dói quando ela desabocanha desse jeito.

Epa, acho que ela ainda não tinha terminado eu aviso e Button começa a chorar e fica chorando, John a segura com os braços meio estendidos bem perto de mim e percebo pequenas gotas de leite pingando até a minha barriga. Quero sair no tapa com ele, bicá-lo até a morte como se estivéssemos em uma rinha. Mas não dá para levar a sério uma mulher com as tetas de fora.

John a solta em meus braços antes que eu possa alcançá-lo e não nos falamos mais pelo resto da noite. Quero abandonar os dois, sair pela janela e descer a escada de incêndio. Deixar que eles sigam o rastro de leite derramado que vou deixando por onde passo.

Ele se prepara para dormir, os sons de seus rituais noturnos o entregam. Eu permaneço sentada com Button e permaneço sentada com Button e permaneço até John pegar no sono e, quando isso acontece, deixo os dois e me arrasto até o sofá, ainda cuspindo fogo. Me abaixo novamente, recolho o pote de musgo, considero a possibilidade de atirá-lo até o quarto só para chamar a atenção de John, mas em vez disso me levanto e posiciono o presente do vizinho no peitoril da janela, sem ter a menor ideia do que essa planta precisa. A fadiga faz essas emoções amainarem cedo demais e tento descansar até que chegue mais uma vez a hora de me postar ao lado de Button.

Eu sou sempre a mãe da minha filha, mas às vezes acho que esqueço que John é o pai dela.

As pessoas alimentam você e então desaparecem. Até John vai embora para poder dormir com mais conforto em casa. Um relógio pendurado na parede deixa o tempo tão evidentemente óbvio.

Com o desenrolar da primeira noite no hospital, uma camada azulada e nebulosa vai se assentando diante de meus olhos. As luzes estão apagadas, mas ainda dá para ver a luz que vem do corredor, as luzes que vêm dos botões que fazem parte do leito, as luzes que vêm do obscuro mundo lá fora. É como se eles tivessem feito o quarto para dar a ilusão da noite, e com isso é difícil descansar, mas é porque você precisa estar a postos para quando o bebê precisar de você. Para a minha sorte, Button não precisa de mim neste momento. Ela está dormindo em um cueiro grosso de algodão no berço que pertence ao hospital e fica acoplado ao lado da cama.

A cada duas horas, mais ou menos, há algum pequeno evento, meus sinais vitais são conferidos, o cateter é puxado antes que eu consiga soltar um berro, mas não há nada que esteja sob o meu controle. A enfermeira da noite se apresenta, escreve seu nome em um quadro branco que fica pendurado em uma das extremidades do leito e confere minha medicação. Ela diz que pode aumentar um pouco a dose, se eu quiser, e me rendo à sugestão. Também deixo que ela me leve até a privada. Deixo que ela me remende toda antes de me acomodar novamente no leito. Deixo que ela encha minha garrafa d'água. *Claro, um pouco de gelo seria ótimo.* Deixo que ela coloque uma barra meio estranha de cereal com chocolate perto de onde estou. *Obrigada* deixo escapar. Deixo que ela afofe os travesseiros. Deixo que ela coloque meias em meus pés. *Obrigada, mesmo.* Deixo que ela me mostre quais são os botões que preciso apertar caso precise de mais alguma coisa. Ela é o botão que parece uma pessoa com um chapéu quadrado. *Obrigada de novo.* Por último, ela sugere tirar Button do meu quarto para que eu possa dormir um pouco e eu deixo. Tranquila, a enfermeira da noite vai rolando o pacotinho para longe.

"Meg" é o que está no quadro branco.

Assim que elas saem do quarto, começo a sentir uma saudade tremenda e me arrependo de não ter pedido a enfermeira da noite em casamento. Digo a mim mesma que, da próxima vez que ela aparecer, vou dizer vários *obrigadas* em alto e bom som. Vou perguntar se ela tem filhos, mas vai ver é ir muito direto ao ponto. Vou perguntar há quanto tempo ela trabalha aqui no hospital. Vamos começar daí. E, dependendo de como a conversa rolar, vou perguntar se ela não quer fugir comigo antes do amanhecer. Ela pode continuar cuidando das minhas feridas durante o caminho e eu vou ser boa para ela, vou ser fiel, vou lhe dar carinho.

Depois de traçar o plano, me dou conta de que pouco mais de um minuto se passou e que ela só vai voltar daqui a algumas horas e Button também, a menos que eu aperte o botão. Tenho medo de fazer isso. Ela vai achar que estou louca. Passo os olhos pelas diferentes sombras e reflexos do quarto, enxergo uma pequena versão de mim mesma na tela escura da TV lá no topo da parede. Acho que acabo pegando no sono porque, quando olho de novo para o relógio, uns vinte minutos devem ter se passado, mas não descansei nada, minha mente esteve a mil esse tempo todo. Procuro o controle remoto que fica conectado à cama e pressiono a pessoa com o chapéu quadrado. Escuto a linha chamando.

Aqui é a Meg.

Pode me devolver minha bebê, por favor?

A enfermeira da noite me pergunta se está tudo bem, a bebê está dormindo, então não preciso me preocupar com nada, eu deveria dormir também, mas quero que ela devolva a minha bebê, imploro para que ela devolva a minha bebê. *Por favor, me devolve minha bebê.* Ela deve conseguir escutar o meu choro, espero que ela escute o meu choro, e em alguns minutos eles rolam minha bebê de volta. Depois disso, Button nunca mais sai de perto de mim e uma dança de desespero, confusão e exaustão se estende pela noite.

Você não vem mesmo? Tem certeza? John está amarrando Button ao peito. Há tantas pequenas coisinhas penduradas nele e tantas outras coisas que precisam ser acomodadas — um chapéu para o coquinho, luvinhas para protegê-la de suas próprias unhas afiadas, um paninho de boca, uma manta e a outra bolsa de fraldas em caso de acidentes. Estou ali perto, afivelando Button, cobrindo e dobrando, guardando e arrumando para que os dois possam seguir viagem.

É importante você conhecer o pediatra ele diz, como um pai zeloso.

Hoje é a primeira consulta com o pediatra e Button será pesada e medida para ver se ela se encaixa nos parâmetros de saudável. Mas eu não vou junto. As paredes ao meu redor se postam tensamente eretas, as quinas se agarram firmes e a rachadura se enganchou em meu robe.

Eu preciso dormir um pouco respondo com um tapinha no peito de John. Afago a cabeça de Button e tento não mentir demais.

Ok então ele cede.

E isso tudo aqui é o que você quer da farmácia? Ele segura nas mãos um papelzinho com meus garranchos, mas não tem muita certeza do propósito de algumas das coisas listadas ali. Bom, essa marca de laxante é certeira e afirma a noção de que o casamento se baseia nos muitos fatores que não são ditos, porém presumidos, entre duas pessoas. Só que, depois da consulta, John tem que voltar para o escritório. Tecnicamente, ele está sacrificando sua hora de almoço para isso.

Obrigada, viu respondo e mal posso esperar para me recolher. Fecho o robe e amarro novamente a faixa ao redor da cintura. *Beleza, deseja sorte pra gente!* ele pede, com um beijo rápido. Os dois vão saindo e escuto John conversando com Button nas escadas. Ela é a *menininha* dele e os dois estão partindo em uma *aventura.* Boa sorte.

A porta se fecha e sou atingida em cheio pelo sentimento de fracasso. É imediato e agonizante. Sem Button, sou uma soldada amputada e quero correr até a linha de fogo para alcançá-los. No entanto, meu fracasso também sufoca, vingativo e inchado com o propósito maligno que me mantém trancafiada dentro das paredes do apartamento, tão invisível quanto uma cerca elétrica para cães. Isto é uma covardia. Mesmo se eu quisesse, não poderia escapar.

Vou até a cama e me jogo. Vou para um lugar muito distante, para além de paredes e palavras. Se eu quiser estar em qualquer outro lugar, podem me encontrar deitada na grama em uma imensa campina. Caminhando em torno de uma escultura em um parque de esculturas. Zanzando pelos corredores de uma biblioteca, tocando as lombadas dos livros, cheirando o papel, ligando ou desligando um interruptor de luz. O tempo está ao meu lado, se escondendo ao fundo, cuidando da própria vida. O tempo é o homem usando o cortador de grama no outro lado da campina. É a mulher que entrega meu ingresso na entrada do parque de esculturas. A aluna com a cara enfiada nos livros, três fileiras à minha frente na sala de estudos.

Seria esta a hora de me reencontrar com minha mãe? Será que devo fazer tudo o que estiver ao meu alcance para estar com ela novamente?

Receber os cuidados de uma mãe é o meu maior desejo, mas suponho que dormir já é uma forma de cuidado.

Quando acordo, meus seios assumiram a forma de um par de sacos repletos de seixos incrustados por debaixo do tecido. Juntos, eles me esfaqueiam de dentro para fora.

Em uma forma cansada de desespero, começo a me despir da cintura para cima e me conecto à bomba extratora de leite. O alívio vem lento e doloroso com o leite correndo pelos dois tubos, até enfim chegar às duas mamadeiras. Um evento de ficção científica está acontecendo bem na minha frente, mas é doloroso demais para ser assistido. Preciso massagear e manusear os seios para atenuar a dor. A agonia em meu peito é tanta que eu talvez perca a consciência de novo. Quinze minutos mais tarde, volto cambaleando para a cama.

Consigo escutar o molejo dos passos de John quando ele retorna, mesmo com Button se esgoelando. Ela deve estar com fome. Há tantos pedaços para desafivelar e desempacotar e desemaranhar até que John possa se separar dela. O processo envolve alguns leves grunhidos. Ele se atrapalha como um pai de primeira viagem, mas não parece se incomodar muito. Não sei por quanto tempo os dois estiveram na rua, mas é evidente que meu corpo não consegue mais ficar sem ela e a temperatura sobe.

Tudo certo ele anuncia ao entrar no quarto e me entrega Button na cama como se ela fosse um troféu. Juntos, eles têm cheiro de ar fresco. Eu me sento e puxo as roupas para o lado.

Mas o pediatra perguntou de você. Disse que é importante a mãe ir nessas consultas.

Tá bom eu respondo.

Na próxima eu vou respondo.

Ótimo ele dispara de volta. John também acrescenta que pelo visto temos que ligar para o hospital e pedir que enviem todos os prontuários médicos para o consultório, que eles ainda não receberam a papelada por lá. Ele ostenta uma insustentável leveza em torno dessas novas responsabilidades, enquanto eu sinto pavor dessas obrigações e de como em algum momento precisarei sair do apartamento. Quero ficar na cama. Este é o meu pedaço de terra e eu derramaria sangue para protegê-lo.

Nós dois observamos Button farejar, ávida, o caminho até a colina de leite.

Fiquei com medo de acharem que eu tinha raptado a bebê ele admite com um sorriso de esguelha e retorna para o nosso hall de entrada. Levanta uma pesada sacola de plástico e se encaminha para o banheiro. Guarda os itens de farmácia que eu havia pedido no armário debaixo da pia e agradeço ainda do quarto, mas ele já está ocupado com outras coisas. John está vivendo a vida dele; considerando em voz alta a possibilidade de fazer uma vitamina para beber. Mas em vez disso pega uma barra de cereal no armário e parte em direção ao escritório para compensar o tempo perdido.

Eu permaneço na cama com Button. Desta vez, provavelmente acabei não acordando com as batidas de Peter.

John está no trabalho — o marido está fora, a criança precisa ficar no colo e eu preciso ir ao banheiro, mas quem é que se importa com as necessidades da mãe, com *mina behov*.

Na sala de estar, Button está grudada ao peito e eu preciso fazer cocô. Não é uma daquelas situações que dá para segurar. Vai acontecer, quer eu queira, quer não. Não posso desgrudar Button e não posso não cagar. Do nada, fica muito quente. As paredes estão suando, o ar se apruma, as quinas afiadas se pressionam contra minhas têmporas. Estou tão apertada que é bem provável que eu vomite. Meus quadris estão tremendo.

Carrego Button comigo para o banheiro e vou abaixando as calças enquanto a seguro com um braço só. A calcinha descartável fica presa e tenho que rasgá-la, caso contrário a merda vai escorrer pelas pernas. E eu gostaria de não ter merda escorrendo pelas pernas. Uma pressão empurra meu ânus. Ainda que seja eu que esteja fazendo tudo isso, é Button que se contorce, e ela está visivelmente irritada, colérica e vermelha porque não está sendo ninada. Consigo me sentar na privada com ela no colo e, com a liberação, percebo que meu lábio superior segura gotículas de suor. Sinto um gosto salgado. Meu estômago relaxa.

Bendita a liberação, a queda, a calmaria. Arrepios brotam em meus braços, meu corpo precisava demais disso.

Antes que eu possa me recompor, alguém bate à porta. Só pode ser.

É como se Peter conseguisse farejar minha vulnerabilidade. Que estado mais atormentado, o meu, para receber visita. E, ainda assim, me sinto aliviada por ele estar de volta.

Eu me debato com o papel higiênico e seguro Button e agarro um absorvente limpo e retiro uma calcinha descartável de debaixo da pia e me pergunto se há algum lugar neste mundo onde eu possa demonstrar minhas novas habilidades acrobáticas. Antes de lavar as mãos, preciso deixar Button no chão, apesar de toda a resistência que ela acabe criando.

Você vai ficar boazinha, né?

Enquanto seco as mãos, ela me diz que não.

No espelho vejo Miffo de novo, desesperada, mas as batidas continuam e não tenho tempo para explorar esse pensamento em mais detalhes.

Claramente alguém que não é dado a cumprimentos, Peter avisa da porta *Esta encomenda é para o seu marido*. Ele me entrega um envelope revestido com plástico bolha, explicando que alguém deixou no apartamento dele por engano.

Agradeço e pego o pacote. Coloco-o na bancada da cozinha com a mão livre, já que Button vai comigo para todos os lugares. Nesta interação íntima, me vem um daqueles raros momentos quando você se dá conta que algo vai acontecer com a pessoa que está na sua frente. O que quer que ocorra, vai moldar todo o resto. A comida vai ficar mais doce ou vamos perder o apetite, mas não vai ser como era antes.

Você quer entrar?

Um instante depois, e como confirmação imediata desse sentimento, estou "recebendo" Peter em nossa sala de estar. Meu corpo está leve como uma pluma depois da ida ao banheiro e Peter senta-se à nossa mesa de jantar com a postura inclinada para a frente, como se estivesse se preparando para falar.

Há uma pequena curvatura em suas costas e um leve movimento em seus dedos. Estou perambulando inquieta pelo apartamento porque, se eu me sentar à frente dele, tudo o que dissermos um para o outro será muito mais pesado. Espero que o apartamento não esteja fedendo.

Eu me encaminho em direção à cozinha e decido fazer um chá para nós enquanto ele se acomoda, puxando o tanque para o lado da cadeira.

Escutei você andando de um lado para o outro ele diz. As palavras de Peter carregam um peso que faz da frase tanto uma pergunta como uma declaração. Ele diz que eu gemia como uma criatura ferida no escuro na noite que Button chegou.

No que você tava pensando? A voz dele é tão tênue, tenho medo de que ele seja um fantasma.

Parada de pé atrás dele, perto dos armários da cozinha, posso observar seu corpo sem julgamentos. Há algo na postura desmoronada dele que tira a pressão da minha própria postura. Pego uma xícara e encho-a de água. Trago Button um pouco mais para perto e parece que ela cochilou; isso me relaxa um pouco.

Naquela noite, você diz?

Coloco a xícara no micro-ondas, pressiono os botões que fazem bipe e assisto ao prato lá dentro começar a girar.

No final.

O micro-ondas apita. O tempo é tênue como Peter.

Retiro a xícara de água quente do micro-ondas para colocá-la na bancada. Rasgo a embalagem do chá com os dentes e deixo o saquinho fino afundar dentro da água, observando enquanto ele se transforma em uma bebida.

Pensei que não estava pronta, acho.

Como se eu de repente tivesse cometido o maior erro da minha vida.

Peter me deixa continuar. Coloco a xícara à sua frente e consigo captar um vestígio de seu cheiro terroso e fresco, como uma tora que acabou de tombar em uma floresta. Ele faz um pequeno aceno com a cabeça para agradecer pela bebida e ainda não consigo me sentar de frente para ele. Em vez disso, começo uma pequena dança cambaleante pela sala, fingindo que Button ainda precisa de um pouco mais de persuasão para continuar dormindo.

Não que a minha vida fosse tão extraordinária assim indico, de costas para ele. Mas eu não estava esperando isto.

Na noite que ela saiu, eu só pensava como queria que ela ficasse lá dentro. Eu não estava pronta para lamentar a vida que deixaria para trás.

Antes, eu ficava sozinha e não havia ninguém para me dizer que isso era um problema. John sequer se incomodava porque já tinha aceitado que aquilo fazia parte do meu trabalho. Antes, eu passava horas sentada à minha escrivaninha todo dia, naquele eterno esforço. Eu movia palavras de um canto até outro criando variações quase infinitas, esculpia uma frase ou outra e ocasionalmente mergulhava em buracos negros na internet ou discutia com colegas se existia mesmo tradução "fiel". A não ser aquele um ou outro prazo por ano, ninguém esperava mais nada de mim.

Antes, eu tinha rituais. Antes, havia o luxo de me deixar levar enquanto caminhava. Antes, havia o divagar da mente. Antes, não havia o clichê do "a gente só dá valor depois que perde".

Antes, eu podia ficar simplesmente olhando para as letras. Antes, podia escolher entre essa ou aquela palavra e me decidir por uma terceira, me demorar no silêncio. Antes, eu podia me esconder na biblioteca. Lembra das bibliotecas? O único lugar onde ninguém pede nada para você.

Antes, eu podia beber uma xícara de café e estar apenas bebendo aquela xícara de café. Às vezes eu passava o dia inteiro sem conversar com ninguém até John voltar para casa. O trabalho era solitário, mas nunca me deixou isolada. Foi tudo sem sentido? Não consigo acreditar que sim, e a chegada de uma bebê teria mais sentido? Tudo o que sei é que o silêncio não doía tanto antes. Havia mais paz, havia mais controle, havia mais independência, *självständighet* — o indivíduo capaz de se manter firme por si só.

Ninguém ensina a você que a maternidade é para sempre, então como é que não vai ser um choque quando você descobre que na verdade é, sim, é até para sempre? Como é que isso pode ter o nome de maternidade?

Quero explicar a Peter que não estou me queixando. No entanto, não há como ignorar o fato de que estou contestando o estado em que me coloquei. Se isso quer dizer que a culpada sou eu, então a culpada sou eu.

O rudimentar está na maternidade, e é por isso que a maternidade é algo do qual se desdenha.

Talvez a bebê peça pra você se sujeitar Peter sugere quando enfim chegamos ao fim do meu desabafo, e nós dois decidimos pousar os olhos em Button. Ela sequer consegue nos enxergar e não faz ideia de quem é a pessoa que a pega no colo ou do que essa pessoa é capaz de fazer. Eu também ainda não sei bem o que sou capaz de fazer.

Nós três permanecemos sentados e assim ficamos porque estamos convencidos de que não há outro lugar para ir.

John e eu estamos jantando e ele está dando mamadeira para Button, pois assim posso terminar de comer. Nós tentamos transar ontem à noite. Ficamos um em cima do outro na cama, como caixas de papelão empilhadas, e duramos talvez uns cinco minutos. A única coisa que senti foram os solavancos lentos e ritmados de nosso maquinário. Senti o cheiro da pele dele, com um leve aroma de sândalo. O resto de mim estava vazio. Não há muito o que dizer e neste caso é difícil nos situar em relação ao tempo. Apesar de ter recebido o "ok" do médico para poder transar de novo e isso funcionar como marcador da passagem dos nossos dias e semanas, ainda não fazia muito tempo desde o nascimento de Button. É justamente essa a maleabilidade do tempo após o parto — o corpo, suponho, é igualmente maleável.

À mesa de jantar e entre garfadas, recém-saída do banho e vestindo meu robe, quero explicar para John como, por um tempinho, me senti uma caixa vazia. Quando estávamos na cama, e ele estava em cima de mim, imaginei que eu estava segurando a caixa que era eu mesma e que o ato do sexo era eu segurando a caixa.

E você era só um pênis.

Ele escuta.

Uma piroca.

Ele não consegue conter o sorriso.

Não começa a rir, eu tô falando sério.

Tá bom, tá bom. Ele concorda com a cabeça.

John está tentando coordenar a mamadeira e o ato de ninar enquanto eu tento descrever um ato no qual ele também estava presente. Ele tenta participar da conversa.

Você se lembra daquela mulher com quem eu dividi meu primeiro apartamento aqui na cidade? Ele sorri com doçura. *Ela engravidou logo depois de ter conhecido o namorado, sabe, aquele carpinteiro muito gente fina. Eu me lembro dela dizendo que transar depois de parir é meio que nem jogar uma salsicha num corredor.* Ele começa a dar risinhos e abocanha uma garfada de comida. Eu o observo e fico esperando um pedaço de espinafre cair no peito de Button, quase abismada com o que ele acabou de me dizer.

Valeu.

Button está sacolejando junto com ele, que continua rindo.

Sempre achei que era um jeito engraçado de descrever a coisa ele comenta e continua a mastigar.

Entendi.

Tiro meu robe e, meio passivo-agressiva, deixo-o no chão.

Mas, enfim, não se preocupa ele acrescenta depois de eu já ter saído da mesa. *Já, já o seu corpo volta ao que era.*

Não consigo suportar o fato de que tudo o que ele diz é uma frase pronta, um punhado de palavras pré-redigidas que são fáceis de falar só por falar. Na minha cabeça imagino uma briga inteira entre nós dois e me vejo proferindo os xingamentos mais imundos que conheço na direção dele. Ele chora no final, exatamente o meu objetivo. Esta raiva que sinto não entende proporções, mas, assim como eu, é covarde, desiste rápido e se transforma em tristeza. Está tão cansada quanto eu, que sequer consigo voltar até lá e mostrar minha decepção.

Naquela noite, o sono profundo de John é particularmente enlouquecedor. Na cama, rodeada pela escuridão azul, com ele ao meu lado e Button lá no outro quarto, sinto a pressão do ar no espaço inteiro. Minha escrivaninha continua em seu canto, em uma espera estoica, uma negligência óbvia. A lombada do próximo romance que devo traduzir sequer foi quebrada, está apenas juntando poeira. Eu talvez seja a única pessoa acordada em todo o prédio. Sozinha, conjuro tênues memórias do acordeão de Peter, faço as teclas mortas tocarem de novo pelo teto e desejo que meu vizinho ainda estivesse vivo para tocá-las. O fole se expande devagar, liberando suspiros de extremo conforto. A respiração longa e devagar do instrumento embalaria o sono de qualquer outra pessoa. Imagens acolhedoras aparecem: um barco se recolhendo à doca; uma cidade acordando pela manhã; um vento soprando por um campo vazio.

Vejo o teto se abrindo e eu subindo para me deitar no chão do andar de cima. O teto se fecha logo atrás de mim. Meus olhos estão cerrados para a canção de ninar que sopra ao fundo. Me dou permissão para não fazer nada — o magnífico nada — e posso dormir se quiser, descansar se quiser, e eu quero sim. Mas Button

Lá vem ela.

Ela precisa de mim novamente, então a recolho em meus braços e a levo até o sofá na sala de estar. No caminho, pego meu robe do chão e embrulho nós duas dentro dele.

Nós nos sentamos e o fato de eu não sentir fome ou sede me surpreende. Uso uma manta de lã para nos cobrir e sinto o calor instantâneo que ela proporciona. Devo sufocar Button de uma vez e fingir que foi um acidente?

Pego uma almofada para as minhas costas mas, em vez disso, pego uma almofada para colocar em cima de Button e em cima dessa almofada ponho minha cabeça e com a cabeça na almofada fecho os olhos e ali fico, parada, bem parada.

Neste sonho, eu a matei, mas, aqui, nós duas pegamos no sono.

A melodia do acordeão é o murmúrio da geladeira, o zumbido do relógio digital no forno, os fracos barulhos da rua lá fora, o ar estagnado dentro do apartamento. Já virou uma canção que eu sei de cor.

Em nosso desajeitado ninho escurecido, entre sono e vigília, desempacoto Button e começo a asseá-la. Não consigo ver a cor, mas pela maciez percebo que entre os dedos dela há bolinhas de algum tecido. Sem pressa, vou examinando, tateando. Ela me parece uma combinação de todos os animais que já vi. A pele quase transparente de um coelho recém-nascido, os olhos inchados de um filhote de cachorro, o choramingo de um filhote de gato. Eu deveria estar descansando, mas cá estou, de novo, remexendo. Xeretando. Choramingando. Maternando?

Mal e mal.

Kära Mamma. Minha querida mãe, não posso acreditar que você não está aqui.

Recolho cera dos ouvidos dela, mole como cera de abelha, que desaparece quando esfrego entre os dedos e deixa a pele levemente oleosa. Mordisco suas unhas; são suaves, sem sabor. Arranco um pedaço pequeno, mirrado e roído por vez. Raspo lascas de pele descamada de seus pés. Limpo o leite talhado que se embrenhou em suas inúmeras dobrinhas. Mastigo este corpo que eu e John criamos, mas não o machuco. Talvez amanhã eu tente conversar com meu marido.

Miffo?

Tá aí, Miffo?

O cômodo não responde e Button solta um pum.

Google:

opções de tamanho de funil para o seio
como saber se o funil para seio é do tamanho certo
como saber se o funil para seio está certo
o que é funil para amamentar
por que uma mãe ia querer matar o bebê
é comum querer matar o seu bebê

Peter coloca a mão na xícara de chá, deixando a outra na coxa. O tanque de oxigênio está ao lado da cadeira e, se o prédio se movesse e os pisos estremecessem, o tanque envergaria e provavelmente esmagaria Button se ela estivesse deitada no chão. E, no entanto, ela não está no chão e o tanque segue inflexível e é esse tipo de coisa que começo a pensar enquanto continuo aquela minha dança.

Você quer saber do tanque ele diz, depois de tomar um gole de chá, e por uma fração de segundo eu tenho medo de que Peter talvez consiga ler a minha mente. Meus movimentos estão fora de sincronia com o cômodo e meu próprio corpo me deixa constrangida. Acabo por me sentar na cadeira à sua frente.

As pessoas ficam nervosas com ele.

Deve doer respondo, e imediatamente me arrependo da insinuação. *Quer dizer, parece pesado.*

É Button que está pesando e eu me impressiono com a duração de sua soneca. Talvez seja uma boa ideia colocá-la no moisés.

Minha única companhia ele explica, e suas palavras fazem sentido para mim. *Ele e a música.*

Eu pergunto se Peter sempre tocou o acordeão e ele responde que toca desde que aprendeu o que era música. Mas já não é como antes. Está ficando mais difícil segurar o instrumento e respirar e tocar, tudo ao mesmo tempo. Os tubos se enroscam, os dedos logo cansam, ele fica frustrado.

Algo se põe em movimento enquanto Peter está sentado em minha sala de estar, bebendo chá na companhia do silêncio ocasional. A história do tanque é revelada.

Ele conta que, quando conheceu Agata, trabalhava como chaveiro e já era fumante há mais de duas décadas. Quando se casaram, ele era técnico de uma fotocopiadora e prometeu que largaria o cigarro. Ele sempre quis montar uma tipografia, mas a tecnologia chegou e o ultrapassou antes que ele conseguisse ensinar a si próprio como usar um computador do jeito certo. Não era mais a mesma coisa. Agata o ajudou a encontrar um emprego como guarda em um jardim botânico, e ele não ligava para as longas horas em pé. Peter gostava de observar as pessoas. Foi quando ela morreu, agora no verão, que os pulmões dele não aguentaram mais. Mesmo depois de tantos anos sem sequer encostar em um cigarro, o corpo advertiu que não queria continuar sem ela. Havia poucos motivos para sair de casa. Mais de quarenta anos de casamento, música e musgo, e agora ele tem que carregar esse cilindro de metal para tudo quanto é lado. Para que sair do apartamento? Ele estava pronto para pôr um fim naquilo.

Comecei a escutar a bebê, ele acrescenta, como se fosse uma resposta para alguma pergunta que ele gostaria de responder. Eu pergunto se eles tiveram filhos.

Sem filhos.

Ele não me dá um motivo para a negativa e também não me conta se os filhos estavam nos planos. Sugere que, de certa forma, as plantas eram as filhas de Agata e bebe da xícara.

O que você vai fazer com as plantas?

Ele dá de ombros. Graceja dizendo que vai deixá-las tomarem conta, como uma planta devoradora de homens que assumirá seu lugar no apartamento lá em cima. Muda de assunto por conta da frustração ou apenas por conta da idade avançada.

Tinha uma coisa que Agata fazia depois de um banho de banheira. Ela colocava o dedo indicador dentro do ouvido e sacudia algumas vezes para a frente e para trás. Dizia que sentia coceira ali, mas se recusava a usar um cotonete. Ele ficava fulo da vida. E também detestava o fato de ela tomar banho de banheira todo dia. Ele afaga a xícara de chá. Quando ele reclamou, dizendo que estavam desperdiçando muita água, ela construiu um sistema de drenagem dentro do apartamento. O sistema filtrava e reciclava a água, até servia para regar as plantas na escada de incêndio.

Ele bebe um pouco mais.

Ela era inteligente demais para ele; estava quase sempre transbordando esperança.

Enquanto o escuto falar, há um certo tipo de reciprocidade. Em nossa conversa encarrilada, não tenho certeza se ele está falando de Agata ou se eu estou contando a ele coisas sobre minha mãe. Carregamos explicações carinhosas de uma pessoa que amamos, e não consigo evitar uma comparação entre essas duas mortes compartilhadas entre nós dois.

Ele se lembra do cheiro dela, sutil mas límpido como o ar de uma floresta.

Ela sempre tinha terra sob as unhas.

Ela nunca teve o costume de usar maquiagem.

Ela sempre precisava se sentar depois de ir ao banheiro e isso a deixava constrangida. Eu tinha que ficar em silêncio por alguns minutos sempre que isso acontecia e não podia encará-la, para não a deixar envergonhada.

No começo do ano, ela era sempre a primeira a entrar na água e a última a sair, só lá no fim do verão.

Ele lembra que ela uma vez disse que cozinhar era só um artifício para comer.

Ela gostava de deixar a água quente correr pelos pulsos para se esquentar.

Ele se lembra das enxaquecas avassaladoras que ela tinha. Eu me lembro que ela sempre queria ficar lá fora, não importava onde estivesse.

Bem no início do relacionamento, teve noites em que eles dormiram ao ar livre. Eram praticamente crianças.

Ele se lembra de nunca a enxergar com clareza, como se ela vivesse escorrendo pelos dedos da mão dele. Eu me lembro de questionar por que ela me amava.

O dia corre lento. Nenhuma palavra à vista, mas muitos números: primeiro, os pequeninos — os segundos que se enredam em minutos e os minutos que se transformam em horas. O problema é que as horas não se submetem fácil aos dias e semanas. Eu não esperava que estar grávida fosse ser algo tão cheio de uma espera agonizante, mas é a única coisa que faço.

Levo meu laptop para o sofá na expectativa de que sentar em um outro lugar do apartamento vá me deixar mais motivada a encarar as páginas que preciso terminar até o fim do dia. Mudar de posição não ajuda. Este dia vai desaparecer, levando a si mesmo independentemente do que eu tenha ou não terminado. Retorno, de má vontade, à minha escrivaninha no quarto.

Direciono meu olhar para a nossa janela, que dá de frente para outro prédio residencial. Observo que alguém está usando uma cortina para banheiro como cortina da janela. Outra pessoa está usando a janela para sustentar a cortina — as pontas do tecido estão escapando para o lado de fora, formando pregas irregulares. Um outro apartamento deixou as luzes de Natal no peitoril. Noite e dia, um brilho eterno emana de lá.

Enquanto esquadrinho o prédio do outro lado, vejo um gato preto descendo a nossa escada de incêndio. Ele retém sua elegância mesmo no guarda-corpo magricela e se planta na frente de nossa janela. Sentado, ele me encara. Não há nenhuma expressão em seu rosto que eu possa desvendar, apenas uma indagação, algo meio: que tipo de mulher simplória é esta em sua escrivaninha? Qual é o propósito dela? O gato continua a me olhar e, com a pata, bate de leve na janela. Ao se encontrarem com o vidro, suas garras fazem um som que acalma e exaspera ao mesmo tempo. O gato mia. Eu não me mexo. O gato agora me encara embasbacado e eu me sinto quase constrangida, no mínimo inibida. Bom, e qual é o meu propósito? Começo a remexer alguns papéis e a abrir dicionários, mordo a tampa da caneta, manuseio o livro para deixar a lombada mais maleável — assim deve parecer que estou trabalhando.

A mulher do andar de cima desce os degraus da escada de incêndio. É bastante alta e esguia, e seu cabelo tem um corte angular e severo. Suas mãos têm as veias e descolorações protuberantes que são tão naturalmente associadas à velhice, mas o cabelo curtinho lhe dá um ar de juventude ininterrupta.

Ela vem na direção do gato e recolhe o felino com as duas mãos. A manobra é feita com uma única espiadela para dentro do nosso apartamento, vai ver ela não quer bisbilhotar de verdade. Ao subir de volta para seu andar, ela deixa uma mão no guarda-corpo e a outra no gato. É um gesto maternal, como uma mãe de quatro patas que apanha os filhotes pelo pescoço. Alguns passos depois, os dois somem por completo.

Depois que eles desaparecem, não consigo decidir de quem é que sinto mais inveja: do gato gracioso ou da vizinha determinada. Os dois estão lá fora, olhando para dentro, com alguém aqui dentro querendo estar lá fora.

Desisto do dia de trabalho e decido fazer um passeio a pé.

O passeio satisfaz apenas moderadamente, um pouco da inquietação persiste, e sinto um arrependimento por não ter me unido à companhia da mulher e do gato do andar de cima.

Uma enfermeira entrou em meu quarto pela manhã e disse que uma consultora de amamentação ia começar uma aula no final do corredor. Ela parecia encorajadora, com um tom atencioso. Tinha uma aparência vigorosa, com ombros largos e camadas de rímel debaixo dos olhos.

Que tal se eu levar a bebê, e você levar a almofada? Vamos andando juntas até lá.

Antes que eu pudesse dar meu consentimento, ela pegou Button e colocou-a em uma espécie de carrinho. Uma cruz prateada se pendurava delicada de seu pescoço enquanto ela se movia pelo quarto. Enfiei meus pés em um par de pantufas e me pus ereta. O sangue escorreu pelas pernas e me senti tonta. O quarto se fechou sobre mim. Eu me encostei na beirada da cama e amarrei o robe em torno da cintura protuberante enquanto esperava a visão normalizar e o quarto, estabilizar. Caminhei ao redor da cama e saí do meu espaço. Cada passo dado irritava os pontos, aumentava a trepidação.

Tá tudo bem a enfermeira disse. *A gente vai com calma.*

Ela empurrou Button para mais longe de mim e a distância logo se tornou insuportável.

Não vai esquecer a almofada ela acrescentou.

Virei-me e fui lentamente progredindo, agarrando e abraçando minha almofada de amamentação do mesmo jeito deliberado que uma criança pequena faria com aquele bichinho de pelúcia tão amado. Outras mulheres começaram a sair dos quartos, adentrando o corredor com o mesmo passo lento, também elas com machucados recentes da guerra do parto. Conjecturei se era isso o que se via nos hospitais de guerra e me juntei à torrente de soldadas feridas.

Arrastamos os pés ao longo do corredor, que parecia ter mais de um quilômetro de distância. Pensei em uma ilha sagrada que poderia nos ser designada.

Imagine uma gigantesca maternidade no topo de uma montanha. É para lá que devemos ir para dar à luz, porque lá teremos uma profusão de enfermeiras e almofadas, seremos paparicadas com abajures à meia-luz, frutas frescas, sorvete, croissants, azeitonas, queijos e massagens nos pés.

Não vamos fazer força; vamos soltar, ceder à gravidade.

Nossos bebês nascem, somos limpas depois do parto e nosso corpo é empacotado em mantas aquecidas que têm cheiro de lavanda. Alguém massageia com gentileza nosso pescoço, fazendo lentos movimentos circulares. Flutuamos em águas cálidas e nossos peitos recém-cheios de leite balançam suavemente na superfície como boias vermelhas ao mar.

Isto é, se as coisas correrem bem.

Se as coisas não correrem bem, somos forçadas a nos render a toda a ajuda e o suporte que nos oferecem para sobreviver. Se você sobreviver, mas o bebê não, você conquista o direito de residência permanente na ilha. Vai então poder voltar suas atenções para aquele sonho não realizado. Ser artista ou padeira, farmacêutica ou soldadora, marinheira ou professora de francês. Fazer aquele curso de ikebana que você sempre teve vontade de fazer. A ilha é grande o suficiente para estabelecer a nova vida que você mesma escolheu e pequena o suficiente para que a mudança não assuste. Os próximos passos (na ilha ou de volta ao continente) cabem a você, quando a hora chegar. Não há pressa.

Porque é uma merda fodida.

Retiro o que disse, isso é o que acontece se as coisas correrem bem.

Se as coisas derem errado e o bebê nascer, a ilha tenta remediar a situação.

Dois ou três dias depois do parto, um buggy de praia aparece e somos levadas até os bangalôs que ficam à beira-mar (então, não há necessidade do ruído branco). É lá que desfrutamos de um banquete com os bebês enrolados em cueiros de algodão, lábios agarrados a nossos mamilos sensíveis. Depois de comer e beber, nós dormimos, alimentamos um pouco mais os bebês, comemos um pouco mais, nos recostamos nas almofadas, dormimos enfim de barriga para baixo. Você que vire de barriga para cima, se quiser.

Cantamos e cantarolamos mais do que conversamos e durante o dia escutamos pássaros que querem chamar atenção. Usamos robes o dia inteiro. Eles são feitos de tecidos que gostamos de ter contra a pele — linho, seda, Tencel, o que você preferir.

Recebemos ajuda na hora de amamentar ou segurar nosso bebê e, se uma de nós fica sem leite, as demais se prontificam com peitos nus.

O que há em abundância aqui é paciência e apoio. Meloso, mas é verdade.

Alguns meses mais tarde, quando decidirmos retornar à nossa casa no continente, um helicóptero nos levará com os bebês. Podemos ficar mais um tempo se ainda não estivermos prontas. Afinal, algumas feridas cicatrizam mais devagar do que outras.

A viagem de helicóptero pode parecer assustadora, mas pense nela como um novo capítulo da sua vida. Conforme você alça voo para longe da ilha e enxerga os contornos da paisagem cheia de selva, conforme fica pendurada, exposta acima do mar perigoso e profundo, você talvez comece a se sentir um pouco religiosa. A ilha passa a se transmutar em um grande mamilo ou em uma marca estranha de nascença enquanto você vai sendo levantada cada vez mais para o alto. A vida vista de cima geralmente torna mais fácil compreender as coisas do que quando é vista de dentro. Então quem sabe a maternidade, a ideia de que somos feitas disso, não se transforme numa merda tão séria assim. Você é a maternidade e, no entanto, naquele helicóptero barulhento, enquanto segura o *amorzinho da sua vida*, você também tem a chance de se esgueirar para fora e deixá-lo cair.

Ver o amorzinho cair desde lá do alto. Observar o mergulho silencioso na água.

O piloto não vai julgar você.

Assim que um pequeno grupo, cinco ou seis de nós, chega à aula de amamentação, cada uma caminha em direção às cadeiras enfileiradas contra uma parede e tenta se sentar. Com expressões aflitivas e se apoiando nas cadeiras de um jeito ou de outro, conseguimos. Nós nos sentamos e os bebês são distribuídos entre as mães. Algumas conferem suas pulseiras de identificação para ver se batem com a do bebê. Uma mãe começa a tremer por conta da sensação de estar sentada e solta o ar em rápidas baforadas. Vejo que sua testa está amarrotada como um pedaço de papel descartado. Ela tenta pedir desculpas ao grupo. O parto deve ter acontecido naquela manhã. Button me é entregue e fico chocada com o quanto estou distante da dor imediata do parto, ainda que apenas uma noite tenha se passado. Em solidariedade na nossa mútua agonia, aceno com a cabeça.

Vai passar uma outra mulher choraminga do outro lado do cômodo, e nós todas baixamos os olhos para nossos bebês para ver se eles mostram algum sinal de confirmação. De olhos fechados, os bebês não fazem nada.

A consultora já chegou e esteve observando, paciente, enquanto nos sentávamos. Ela está rodeada de bonecas do tamanho de bebês e almofadas no formato de seios em diferentes tons de pele, que têm remendos redondos como moedas imitando aréolas de um marrom escuro.

Vamos começar? ela pergunta, colocando uma almofada de teta contra o peito.

O apartamento vomitou em si próprio. Roupas lavadas há alguns dias estão dobradas em pilhas aqui e ali, e, enquanto aguardam a hora de serem guardadas, tentam não se misturar com os paninhos já úmidos das regurgitadas de Button. As flores enviadas por amigos e amigas estão com pelos nos caules e pétalas frisadas, contribuindo para o cheiro carregado. Pratos de comida aparecem para logo desaparecer, porque eu quero comer o tempo todo e sempre. Caixas de papelão se apoiam deselegantes contra a parede, apinhando o hall de entrada. Tiramos os presentes macios e felpudos de dentro delas, mas John ainda não desmontou todo aquele papel rígido. Eu antes não me incomodava de tirar o lixo reciclável, mas agora mal consigo olhar os lances de escada até lá embaixo. Os degraus da entrada do prédio, antigos companheiros sólidos e silenciosos, se sustentam vazios de minha presença.

John está à mesa de jantar, mastigando com Button no colo. Um prato de caçarola de batata-doce está à sua frente. Entre garfadas, ele me diz que não tem dormido bem. Por causa da choradeira de Button.

Estou quase terminando de comer.

Vou dormir com tampão de ouvido hoje ele avisa, como se fizesse um pronunciamento.

Ele tem uma reunião importante logo pela manhã e por isso precisa de uma boa noite de sono. Acredito nele, mas o que é que posso fazer? Eu não poderia tomar essa mesma decisão mesmo se quisesse.

Button o observa de baixo, balançando os braços incontrolavelmente.

Tá respondo.

Retiro-me da mesa e vou até o sofá. Uma pelota de pó e sujeira foge apressada dos meus pés. Reposiciono algumas roupas para abrir espaço e tenho dificuldade de processar minhas emoções, mas não quero brigar com ele. Eu me recosto com a barriga ainda inchada, pensando se é assim que se constrói uma família — por meio do desequilíbrio? Meus seios formigam, os tecidos estão se movimentando, o leite vai descer a qualquer momento. Eu e meus filhotinhos vamos passar mais uma noite sozinhos. Tenho a expressão de alguém que vai chorar, mas não me entrego às lágrimas.

Quando termina de comer, John se levanta com Button aninhada na dobra de um braço e o prato vazio no outro. Vai até a cozinha como se tivesse desistido da noite e deixa o prato na pia. O meu prato vazio fica na mesa de jantar. Ele retorna até a sala e larga Button em meu colo, suspira como se o mundo lhe devesse um favor.

A vida é dura, mas o meu pau não ele afirma e se retira para o outro cômodo. Button se junta a mim na fortaleza de roupas lavadas que rodeia o sofá.

Pelo menos você ainda é engraçado eu digo para as costas dele e tento me acomodar. Ele vai para o banheiro com uma risadinha e fecha a porta.

Naquela noite, John vem para a cama com uma máscara de dormir na testa e um par de tampões de ouvido na palma da mão, como se fossem comprimidos. Mas, em vez de engoli-los, ele contorce um pedaço de espuma azul em cada orelha e se ajeita na primeira posição de sono da noite. Ele muda de ideia, rola de lado com toda aquela parafernália para me beijar e rola de volta para decidir como vai repousar. A cama termina de balançar, mas ainda sacoleja em minha mente pesada. Eu me deito de costas e tenho olhos fixos no quarto. Os azuis e cinzas e vermelhos da noite se movem quase imperceptíveis. Logo acima de mim, percebo a fratura no teto, ela se move, se aprofunda, se alarga, mas não quero acreditar no que estou vendo. Faço uma tentativa de dialogar sobre a fissura, de dividir essas delicadas rachaduras acima de nós. Tento falar por cima ou através dos dois pedaços de espuma em seus ouvidos.

John?

Que foi?

Eu às vezes recebo umas visitas.

Quê?

Eu repito *Recebo umas visitas.*

Ele rola na cama para me encarar, deslizando a máscara até a testa.

Do que você tá falando?

O nosso vizinho vem me visitar quando você não tá aqui. O senhor do andar de cima.

Por que você deixa ele entrar?

É uma pergunta legítima.

Olha só ele continua. *Vai um pouquinho lá fora amanhã. Senta nos degraus. Vai ser bom pra você e pra ela.*

Ele acha que bebês também precisam de ar.

Não dá. Ela precisa de mim o tempo todo e, quando eu acho que vai dar pra fazer alguma coisa, ela começa de novo.

Ele ajusta a máscara.

Sobre o que é que você conversa com ele?

Sobre musgo. Sei lá.

Musgo?

Quase sempre sobre musgo, e eu conto pra ele como é que eu me sinto.

O que é que o musgo tem a ver com você?

Não sei, é que ajuda.

Busco refúgio atrás das minhas palavras e uso Button como desculpa.

E se você participar de um grupo de mães? ele rebate. É a última pergunta que ele tem guardada na manga porque talvez um idoso aleatório não seja a companhia mais apropriada para mim neste momento.

Conhecer gente nova. Pegar um ar fresco. Ele vai atirando essas sugestões finais enquanto contorce, lentamente, os tampões nos ouvidos.

Não é assim que as coisas funcionam respondo. *Você tem escolhas. É por isso que você não me entende.*

Ele deixa o silêncio passar entre nós dois ou então está lutando para se manter acordado.

Você não pode ficar nessa pra sempre, sabe. E puxa a máscara para baixo.

Que seja. Eu preciso levantar pra ir tirar o leite.

Tá bom então.

Tá bom.

Ele rola para o lado.

Tá bom...

No sofá da sala e toda paramentada para espremer leite, acabo cochilando com o maquinário rítmico da bomba extratora. Gotas vão caindo tão lentas em cada mamadeira, os mamilos vazam em desespero. Pela manhã vou querer conferir de onde vem a palavra "ressentimento", mas amanhã vou estar cansada demais para lembrar qual era a palavra em que estive pensando hoje à noite.

Vai ter sangue.

As palavras da enfermeira da noite ecoam em minha mente quando acordo de uma soneca. É meu segundo dia no hospital, a manhã já deu lugar à tarde, e minha vagina parece que está com um pé na cova. John está perto da ponta da cama e traz Button até mim, eu tento ficar à vontade com o pacote gigante de gelo entre as pernas, mas a imagem clássica da bomba atômica em Hiroshima com aquela cabeça de cogumelo se erguendo sobre um punhado de nuvens inocentes paira pesada em minha mente.

Preciso ir ao banheiro.

Viro-me para um lado da cama, para a poltrona de hospital onde John se ajeitou com o laptop no colo, mas, antes mesmo de ele realmente se acomodar e começar a trabalhar, ele substitui o computador por Button, aninhando-a nos braços como se fosse feita de casca de ovo, e eu fixo meus olhos no banheiro.

São só quatro passos até lá, mas não sei se vou conseguir.

Você tem que pressionar de leve a vagina com o papel higiênico, e não esfregar. Pressionar de leve.

O que foi? John pergunta. *Você tá bem?*

Me contorcendo de desconforto, eu respondo *Desculpa. Vou ficar bem — só tenho que… banheiro.*

O constrangimento infla debaixo da minha pele dolorida. Queria que ele não tivesse que me ver desse jeito.

Depois de fechar a porta do banheiro, espio o meu reflexo no espelho. Olhos inchados me encaram de volta. Acho que essa batalha eu já perdi. Encho de água morna uma pequena bisnaga com um esguicho. Abaixo a calcinha descartável e desprendo das minhas pernas o absorvente empapado de sangue. O vermelho é a cor da imediatez e da vida.

Atiro o absorvente pesado contra a lixeira forrada com uma sacola, e o plástico se solta das bordas. O arremesso faz com que o plástico despenque para o fundo da lixeira. Tento fazer xixi sem deixar que a urina escorra pelos pontos. Se eu me inclinar de leve para a frente até que dá certo, mas ainda arde. As pernas tremem um pouco. Já faz dois dias e ainda não evacuei. Meu ânus pulsa no formato de uma couve-flor. Fico apavorada só de pensar na energia que eu teria que gastar para poder cagar. Em vez disso, agarro a bisnaga e esguicho o líquido na vagina. O frescor da água oferece um alívio temporário.

Rasgo umas folhas de papel higiênico e pressiono levemente meus lábios inchados. Não me lembro quando foi a última vez que vi minha vagina, já deve fazer quase um ano. Um par de coágulos pinga dentro do vaso, eles se parecem com fígado de frango cru e deixam um elegante rastro vermelho por onde passam dentro da água. Eles sinalizam: não há mais volta.

Decido largar a calcinha descartável no chão e tirar o resto das roupas, deixando que a camisola do hospital se transforme em uma minúscula pilha ao redor dos meus pés. Ligo a água do chuveiro e entrevejo meu corpo nu enquanto aguardo a água quente começar a jorrar. Esquadrinho meus seios e barriga, a linha nigra ainda conecta o umbigo à vulva peluda. Os mamilos reluzem em um marrom animalesco. Não dirijo a palavra a mim mesma.

Entro cuidadosa no chuveiro, os movimentos vagarosos como os de uma vítima de estupro que recebeu permissão para lavar o corpo e limpar o crime dali.

A água é uma bênção. Eu a agradeço enquanto ela vem transbordando lá de cima.

Obrigada obrigada oobighada brigada bi da. Como se fosse a primeira vez que meu corpo experimentasse as sensações da água.

Aaah.

Solto o ar e concedo sons guturais às minhas patéticas emoções. Me dobro para a frente e largo o peso do corpo, e estou tão pesada que quase tropeço. Deixo a água fazer o que ela tem que fazer. Brigada, de novo.

Os borrifos são cheios de calor e cheios de água, são tudo o que quero neste momento.

A correnteza constante do chuveiro abafa os chamados de John. O barulho silencia o choro de Button.

Me deixa ficar aqui eu peço para a água. Deixa. Me dá permissão. Por favor.

Por favor.

A cidade do lado de fora do nosso prédio parece uma orquestra desafinada tentando entrar em sintonia. Estamos deitados na cama e John vem com todo o seu corpo para cima de mim. É noite e ele quer transar comigo. Consigo sentir o cheiro do que ele comeu no almoço, e o peso dele oprime mais do que conforta. Meu corpo quer recuar, está hipersensível ao toque, ar, resíduos e odores; sou uma coisa extraterrestre. Percebo a mudança de temperatura no cômodo. Sinto a náusea em minha garganta, os pelos em minha língua, os revestimentos do invólucro que estou me tornando.

Eu tô grávida deixo escapar.

Ele para com a esfregação.

Sério?

Queria te contar no Natal, como presente, mas tô me sentindo péssima. E eu tô grávida.

Meus braços se esticam na frente de John para abrir um pouco de espaço.

Puta merda ele chora-e-ri, e me abraça.

O pescoço de John tem o cheiro dos vestígios do dia. Tenho medo de acabar vomitando em cima dele.

Foi rápido, né ele diz. Na verdade, não foi, mas tudo bem.

Ele se desenrosca do abraço e passamos o resto da noite conversando sobre o tipo de pais que desejamos ser, um preenchendo as lacunas de expectativas, promessas e desejos do outro, partilhando de que jeitos vamos ser diferentes das outras pessoas ou então como vamos imitar as melhores partes de nossos pais. No fim das contas, sem saber o que o próximo ano vai trazer e desatentos ao fato de que, de agora em diante, o tempo será o principal personagem e réu de nossas vidas.

Quando não tem mais problema molhar a bebê — se não me engano, no hospital eles disseram para "esperar uns dias" —, John lhe dá um banho na cozinha. Como numa cerimônia pagã, tudo começa comigo no quarto da bebê, despindo Button no trocador. Pego meu pacote aberto e ofereço a John, já posicionado à pia sem camisa e pronto para recebê-la. Ele colocou uma pequena banheira debaixo da torneira e dentro dessa banheira há um suporte menor, de plástico, com formato de escorregador. Uma toalha limpa está de prontidão ao lado dele. Com as duas mãos, ele recolhe Button de mim e a coloca no suporte. Quase parece que ela está sentada. Suas duas mãozinhas estão cerradas. Os braços se encolhem, as pernas se cruzam na altura dos tornozelos. As pernas são tão longas quanto o torso.

A cozinha exibe os restos do dia; cascas de cebola estão espalhadas ao redor da tábua de cortar e na bancada uma faca brilha com o suco de um vegetal.

Você não quer tirar a faca daí do caminho, não? pergunto, mas John está concentrado demais em se certificar de que Button não acabe escorregando.

Ele abre a torneira como se fosse lavar a louça, só que desta vez confere a temperatura da água com a parte de dentro do pulso antes de pressionar com leveza o botão que vai borrifar a bebê. A água bate delicada no pequeno corpo de Button e ela faz expressões recheadas com quantias idênticas de medo e intriga.

Ainda que o tamanho de nosso apartamento não me dê a possibilidade de ir para muito longe, deixo os dois a sós. Deito-me no quarto, cravo os olhos no teto e fico pensando no que Peter está fazendo sozinho no andar de cima. Enquanto isso, John vai descrevendo o passo a passo.

Primeiro a gente lava o rostinho e depois a gente lava o pescocinho. Ele está listando todas as principais partes do corpo. Fecho os olhos e é impossível não o escutar. John nunca diz *vulva* ou *vagina*, mas sei que ele está limpando a parte entre as pernas dela porque ele fica em silêncio por um segundo a mais.

De repente ele está lavando a *bundinha*. Primeiro uma bandinha de bunda, depois a outra.

Abro os olhos e encontro novamente o teto, me encarando de volta. Como sexualizamos tudo logo de cara.

Deve ser a decisão de não nomear uma parte do corpo que cria a tensão contra o resto dele.

Quando troco a fralda de Button, faço o oposto em sueco. *Estou limpando a sua vulva*, que vem de *volva*, "útero", "bulbo do vestíbulo". *Será que Volvo tem alguma coisa a ver com "volva"?*

Procuro a resposta em Button. Talvez tenha uma relação maior com *volvere*, "rolar", mas não me surpreenderia se tivessem ligação.

Depois que termino a explicação e enquanto coloco a fralda limpa, confiro o ânus e a vulva de Button para garantir que está tudo em ordem.

Tudo em ordem quer dizer tudo intacto. Se bem que não tenho certeza do que espero encontrar ali. Ninguém tem acesso ao corpo dela a não ser eu mesma e John, e mesmo assim confiro toda santa vez, maravilhada com aquele sexo em miniatura que é livre de associações, ou então porque suspeito de algo.

Sabe, eu amo o John, mas e se um dia ele escorregar um dedo para dentro da vagina dela enquanto estiver trocando a fralda? Ele nunca faria isso, mas e se fizesse? A dança para violar um corpo só precisa de um passo à frente. Todas as vezes que a tocamos estamos tão próximos dos pedaços considerados a parte mais sagrada de uma menina. Button desconhece por completo as leis que cercam seu corpo. Por quanto tempo será que consigo preservar isso? Quando é que o mundo lá fora interfere? E o que impede John de fazer alguma coisa? Seria a decência dele só uma fachada? E se ele estiver me ludibriando? E se ele me engravidou só para molestar a minha filha?

Miffo está à espreita.

John não pode ser o predador nesta situação. Não posso deixar que minha mente se volte contra ele. Eu sou a culpada aqui.

O teto não responde, como se eu tivesse acabado de falar com ele. Apenas sinaliza a fratura dilatada em um canto. Fixo meu olhar nela para ver se consigo perceber seus ínfimos movimentos. Meus olhos tremem com espasmos.

Depois de alguns minutos, não consigo mais ficar deitada.

Eu me levanto para assistir, da soleira da porta, John virando Button de bruços para banhá-la. Ela é do tamanho do antebraço dele, e ele a segura com um braço enquanto usa o outro para borrifar a água. A pele de Button brilha, é tão macia e escorregadia, lembra um filé de frango cru logo depois de ser lavado. Dali da bancada da cozinha, o brilho da faca pisca para mim. Ela quer ser segurada.

John tem movimentos ágeis para não deixar Button escorregar. Eu continuo ali, rezando. Se ele a deixasse cair, quão imediato seria o meu alívio? Dá para ter certeza de que ele viria?

Button é tão pouco. Tudo nela é pouco, e ainda assim ela tem todas as partes com as quais estamos familiarizados. Assisto à minha mente sobrepujar aquilo que estou observando. Pelo canto do olho percebo a faca cintilando, quase se mexendo. Do que eu seria capaz se ela estivesse em minhas mãos? O que eu faria se visse todas as partes de Button fatiadas em cima da mesa?

Uma imagem grotesca toma forma e imediatamente preciso me livrar dela.

A maternidade talvez seja a chegada da loucura, e estou prestes a passar o resto da vida em busca da sanidade.

A dupla na cozinha chama de novo minha atenção.

John dá uma última enxaguada e posiciona Button em cima da toalha aberta que estava ao lado da pia, enrolando-a como a um burrito. É então que ele começa com a meiguice, chamando-a de *meu pãozinho*, e a fome domina meu pensamento. Button se contorce desajeitada por debaixo da toalha, não conhece a sensação de ter alguém secando sua cabeça. John leva o pacotinho embrulhado de volta para o quarto, e da soleira vejo que ele vai desdobrando a toalha, uma ponta de cada vez. Button solta um guincho. Ele concorda com o que ela está falando enquanto vai colocando minúsculas roupas no corpo dela, puxando com delicadeza as costuras de cada peça para acertar o caimento.

Preciso me preparar para a noite enquanto os dois estão conversando. Vou até a cozinha e quero que algo na geladeira fale comigo, satisfaça essa minha eterna fome. Também procuro pela minha mente entre os compartimentos abertos, porque esses pensamentos deturpados estão começando a me assustar. Se ao menos fosse assim tão fácil encontrá-la dentro da gaveta de legumes, escondida atrás de uma bandeja de cogumelos crimini ainda por lavar.

Apanho um pimentão vermelho e mordo como se fosse uma maçã. Engulo sem muita mastigação. Os tecidos debaixo do meu seio começam a formigar, eles sabem que está chegando a hora. Mas antes disso eu como e bebo e como e bebo de novo como se não houvesse amanhã, que é uma expressão engraçada porque o meu amanhã foi hoje e o meu hoje já é o meu amanhã. Eu como mais e mais um pouco ainda, esvaziando os armários e deixando apenas a casca seca das cebolas.

Ela tá pronta! John declara com orgulho, lá no quarto.

Eu engulo e engulo e engulo, e então seco a boca com a manga do robe.

Que venha a noite.

Google:

sintomas pós-parto
ansiedade pós-parto definição
ansiedade pós-parto sintomas
tratamento pós-parto
abuso sexual bebê
como saber se o bebê sofreu abuso sexual

Como tá o nível da dor? o médico vestido com um uniforme verde me pergunta.

Não sei como descrever.

Ele me dá uma escala arbitrária para usar de base, porque não consigo aceitar que o "de um a cinco" dele seja o mesmo "de um a cinco" que uso na minha língua materna da dor.

Tá com hemorragia? ele pergunta quando vem ver como estou em uma outra ocasião.

Um pouco. Faz dois dias que não evacuo.

Mas sem hemorroidas. Você não tá com sangramento extremo, tá? Tem sangue escorrendo pelas pernas? Ele desliza uma mão pela própria perna, indicando como o sangue pode jorrar.

Ah. Não — acho que não.

Estou com as tetas de fora quando ele entra no quarto pela última vez; agora, para me dizer que está tudo certo. As cortinas divisórias são puxadas para o lado.

Você já pode ir ele me diz, como um comissário de bordo fazendo o meu check-in no balcão, e informa que precisamos sair até as onze da manhã. Se eu estivesse num hotel chique, ligaria para a recepção e pediria para atrasar o horário do check-out.

Quem sabe daqui a uns seis meses.

Perdão? o médico interrompe, e eu abano minhas palavras para longe com uma mão pesada.

Enquanto estamos tendo essa não conversa, Button está tentando desvendar o mamilo esquerdo. Como todos nós podemos ver, está bem na frente dela. Acho que preciso confiar no médico quando ele diz que estou apta o suficiente para retornar à minha casa.

John aparece com o bebê conforto. Ele o segura como se nunca tivesse segurado uma coisa assim na vida, o que explica os movimentos desajeitados. Os homens trocam acenos breves de cabeça. Minhas tetas continuam de fora, fazendo contato visual indireto.

O médico está rubricando meu prontuário inteiro. Sem levantar os olhos, ele declara que as enfermeiras vão finalizar tudo para me liberar.

Você tem alguma dúvida? ele pergunta com o tórax virado na direção da saída. Sequer olha os meus seios despidos ou os meus olhos. Não posso estar tão flácida assim.

Não sei.

Atarantada, tento fazer com que Button veja o mamilo. Está. Bem. Na. Sua. Cara. Bebê. A minha própria cara começa a enrubescer, meus mamilos levam uma coça.

Muito bem então o homem responde. Ele sai do quarto uma última vez para nunca mais voltar.

John, por sua vez, está com os olhos fixos no meu peito, curioso quanto à mecânica envolvida na hora de a bebê fazer a pega. Ele chega mais perto para fazer sons afetuosos e tranquilizadores na direção de Button. Ela enfim consegue e começa a beber. Eu me reclino, deixo a cabeça afundar entre os travesseiros. Há algum jeito de desabotoá-la de mim?

O cortejo matinal de funcionários do hospital começa enquanto ainda estou na cama.

John sai em busca de um táxi. Uma faxineira que nunca vi antes aparece no quarto e me dá uma sacola de presente com dois patinhos de borracha para a banheira e uma toalhinha laranja de banho. O gesto me comove lá dentro do meu caroço flácido, e agradeço com todas as forças antes de ela desaparecer. A enfermeira do dia irrompe quarto adentro, apanha Button e começa a rearranjar tudo. Ela acomoda a bebê no berço limpo. Me despe da cintura para baixo, troca minha roupa íntima, faz uma rápida inspeção, prepara um pacote de gelo que enfia no meio das minhas pernas junto com um absorvente limpo e levanta a nova calcinha descartável até lá em cima. Ela sabe o que faz e eu puxo o ar por conta do frio que vem do gelo.

Você tá superbem lá embaixo ela declara e começa a se mover ao redor da cama, apertando botões, ticando papéis, mudando dispositivos médicos de um lugar para outro. Ela me entrega uma pasta grande com toda a papelada e me oferece uma quantidade vertiginosa de informações adicionais sobre como cuidar de um bebê.

Ela explica que preciso começar a tirar leite assim que possível e que por ora é melhor deixar tudo armazenado. O leite deve começar a descer mesmo lá pelo meio da semana, que também é quando temos que levar a bebê para a primeira consulta com o pediatra. Estou escutando, mas não posso dizer que sou toda ouvidos.

Tenho que me vestir, mas a ideia de ter minhas próprias roupas contra a pele me parece absolutamente estranha, como se na verdade elas fossem uma armadura de metal que eu jamais vesti, mas que agora preciso encontrar forças para carregar. Volto meu olhar para o teto. Não há nada de especial neste quarto para que possa me lembrar dele, o que é uma tristeza porque grandes feitos foram realizados aqui não tem muito tempo. No final das contas, o corpo aguentou.

Ela disse que estou superbem "lá embaixo". Parece mais o destino de um voo transatlântico, mas ainda assim me dá vontade de abraçá-la.

Vou deixar você em paz agora. Vê se não esquece nada por aqui. Ela já seguiu em frente.

Indiferente à minha gratidão ou ao que vou fazer com o resto dos meus dias, a enfermeira sai da minha vida na mesma rapidez com a qual entrou.

A gente precisa mesmo de três termômetros?

John retorna do mundo lá fora alguns minutos depois. Acha que estou louca porque estou empacotando tudo o que está nas gavetas.

Eles não podem usar estes aqui de novo.

Me deprime pensar que ainda vou sangrar o suficiente para usar três pacotes de absorventes pós-parto com doze unidades cada, mas algo no jeito como a enfermeira falou comigo fez com que eu me fiasse em cada uma de suas palavras. Ela tinha um tom tão gentil, mas ainda assim direto e deliberado. Ela compreendia meu futuro imediato.

No kit que o hospital dá a todas as mães que acabaram de parir, há um panfleto que pergunta em fonte roxa e sem rodeios: "Você tem vontade de machucar seu bebê?". Suponho que existam vontades e vontades. Também há "desejo", "querer", "ânsia", combinados com *gärna*, ou seja, de bom grado.

Enquanto vou enfiando em bolsas de pano os absorventes e pacotes e embrulhos que tenham qualquer ligação comigo ou com a bebê, me dá vontade de conversar com a enfermeira da noite, aquela cujo nome eu lembro.

Espio com a cabeça para o lado de fora do quarto e pergunto por ela. Depois de um rápido método de eliminação para descobrir a qual enfermeira estou me referindo, as colegas me informam que ela não está trabalhando naquele momento, mas que vão passar adiante os meus cumprimentos. Elas saem flutuando em direção a diferentes espaços, para corredores mais largos. Não há mais ninguém a quem eu possa me agarrar nesta maternidade. Guardo minha cabeça dentro do quarto. Estou começando a entender que ficarei completamente sozinha na hora de cuidar de Button.

John veste a bebê com uma roupa que a faz parecer irreal, quase uma boneca, mas ainda assim uma coisa que pode morrer a qualquer momento. Ela é um pintinho que acidentalmente saiu do ninho cedo demais. Eu meio que me deixo ficar entre momentos e movimentos que não me outorgam nenhuma direção.

Uma outra pessoa desconhecida aparece para me levar de cadeira de rodas porque não tenho permissão para segurar Button no colo, e só me ocorre depois de estar sentada que pode ser porque o hospital não quer que meus pontos se abram. John carrega a bebê no bebê conforto. Ele está cambaleando para a frente e pode tombar a qualquer instante.

As portas do elevador sequer se fecharam e já quero voltar ao antes de parir. Cada novo passo, cada novo conjunto de paredes reverbera aqui dentro. Eu gostaria de voltar para o meu leito no hospital, por favor. Com quem posso falar para conseguir permissão? O rolar continua para dentro do elevador.

Quando chegamos ao térreo, sou liberada para me levantar da cadeira de rodas. Antes que eu possa me virar em direção à saída, percebo dois homens de ombros largos e um velho guarda magricela parados à toa na recepção. Eles vêm em nossa direção enquanto nos dirigimos para a saída. Pelo visto nossa nova unidade de três precisa passar por algum controle de segurança. Quase em uníssono, os homens me pedem para mostrar-lhes o braço com a pulseira de identificação. Exigem que eu leia o número de sete dígitos que está no minúsculo tornozelo de Button.

É uma medida de segurança, senhora. Você não vai querer sair daqui com o bebê errado, né?

Meu olhar para o homem é sem expressão.

E se o bebê sair daqui com a mãe errada?

Perdão?

É só uma brincadeira John esclarece.

Os homens se voltam na minha direção.

Os sete dígitos, senhora, por favor.

Eles falam como se soubessem o que está em jogo. Não me parece o tipo de tarefa que precisa de três homens adultos para ser realizada, mas eu lhes dou o que estão pedindo.

7481350.

O magricela lê em silêncio a pulseira em meu braço. Ele nos concede permissão, avisando *Tudo certo, podem ir.*

Felicidades, senhora o outro diz, no último instante. O terceiro faz coro e todos eles abrem caminho. John sorri de orelha a orelha, contente como um labrador, talvez sentindo certo alívio.

O sol insistente de agosto e as pessoas que estão aproveitando o dia como se fosse final de semana nos recebem do lado de fora do prédio. Carros, portas, pássaros, gente, ar; o som de tudo me chega mais elevado. Minúsculas vibrações fazem com que eu sinta até o barulho do tráfego entre as pernas. Aceito e ao mesmo tempo desprezo a luz do sol que bate em meu rosto. Vou cambaleando pela rua mesmo sem o peso dianteiro. Desconhecidos que passam ali perto me parabenizam e sorriem para a bebê que dorme no bebê conforto, e enquanto isso eu estou apavorada.

Não acredito que fiz isso comigo mesma.

Tá tudo bem? John pergunta, mas sem interesse em receber uma resposta. Ele está acenando todo empolgado para o nosso motorista, que vem encostando lentamente na entrada do hospital. Várias portas de um veículo preto se abrem.

Deixo que os dois movimentem e manobrem as coisas ao meu redor. Durante meio minuto, eles tomam todas as decisões, posicionam onde nossas bolsas devem ir e onde todo mundo deve ficar. Eu observo sem me mexer. Afivelam Button lá dentro e eu embarco, desajeitada, para me situar no banco traseiro. Ainda posso vê-la no banco logo à minha frente, mas não consigo me livrar da ideia de que meu braço foi cortado fora e que Button é a dor fantasma que se dependura pesada em meu ombro.

Não se preocupa John me garante logo depois. *Ela tá bem presinha.*

A viagem para casa é longa e cheia de solavancos. Eu me seguro na alça de segurança que fica bem em cima da minha cabeça, às vezes com as duas mãos.

Quando chegamos ao nosso prédio, estou com as bolsas de pano que trouxemos do hospital, mas não sei onde estão minhas chaves ou quem está com as minhas coisas. É como se eu tivesse sido roubada e não tivesse me dado conta, mas *Tá tudo bem*, John me garante mais uma vez, enquanto carrega Button no bebê conforto. Ele abre a porta para entrarmos no prédio. É aí que a fadiga me pega.

Subo os três lances de escada me escorando pelas paredes, com medo de cair para trás, aflita com a possibilidade de arrebentar alguma coisa. Em meu momento mais sensível, as pernas tremem levemente.

Parece que chegaram estes livros pra você John declara, chutando algumas caixas para abrir caminho até nossa porta. Os vestígios de quem eu era são irreconhecíveis e estranhos.

Vencido o hall de entrada, com a porta destrancada e nós três do lado de dentro, John assume a tarefa de colocar nossas coisas no chão e longe de nós. Eu fecho a porta. Ele encosta as bolsas de pano contra a parede e elas deslizam até o chão. Continuo observando enquanto ele desafivela Button do bebê conforto.

Bem-vinda, pequena.

Ele a levanta para o alto, num gesto que mais parece o ato sagrado de uma cerimônia religiosa. É óbvio que está contente. Neste momento, não tenho certeza se estou feliz por ele.

Depois de o apartamento ter aceitado Button ou de ela ter abençoado o lugar com sua presença, John apanha uma tesoura na primeira gaveta da cozinha. Retorna para retalhar as pulseiras de identificação que estão em meu braço e no pé de Button. Deixo que ele segure meu pulso e observo a lâmina roçar a fina camada de pele da bebê antes que ele enfim faça o corte.

Liberdade ele suspira, e sorri.

Não consigo parar de pensar em você. Caminho pelas ruas carregando meu segredo sobre você. Encontro uma amiga ou outra para um café, mas peço chá e não conto que você não sai da minha cabeça. Eu nem ligo de não estar bebendo café. Faço revisões sentada à minha escrivaninha com uma mão onde você está crescendo, mesmo que ainda seja ridiculamente cedo para ter qualquer barriguinha. Quando John chega em casa depois do trabalho, eu o recebo com mais carinho. A possibilidade de você é uma constante em minha mente. Mas me dou conta de que não há nada de emocionante em descrever o desconhecido ou a potencialidade. Conjurar a sua existência não é relevante para mais ninguém a não ser eu. Tão estranho que esse poder seja negligenciado às mulheres, porque é mesmo uma bruxaria.

Se eu pensar demais no dia de hoje, acho que talvez tenha tido muitos pequenos prazeres, o que me deixa ansiosa. O sol estava brilhando e o ar estava fresco, repleto de potencialidades e chilreios de pássaros. Trabalhei e escrevi e dei uma volta e bebi chá e trabalhei mais um pouco e eu não poderia pedir muito mais do que isso.

No meio do dia, John me mandou uma mensagem com *Fiu fiu*.

Não tenho dúvidas de que a qualquer momento esse tipo de bonança vai me ser afanado, levado para longe. Porque você sabe que eu odeio surpresas.

Puss puss eu ecoo em sueco. Beijo beijo.

À noite, enquanto tomo banho para então me deitar, passo o sabonete pelas laterais das coxas e começo a ficar preocupada. Em minhas axilas, faço círculos para cima e para os lados e para baixo com o líquido esbranquiçado, esboçando um abraço indiferente em mim mesma. Acaricio meus seios molhados e me pergunto se há células cancerosas se escondendo por debaixo do tecido da pele. Penso na morte e em como eu preferiria não morrer. Há muito mais em jogo agora que você está no meio da história. Eu quero você e quero estar viva, te amando. É o gesto mais puro que posso lhe dar.

Você precisa saber que, antes de me tornar tradutora, até cogitei ser cineasta ou arquivista. Eu sonhava com cenários diversos: conferir os bilhetes dos passageiros do trem enquanto viajávamos de uma cidade para outra ou administrar a recepção de um lar para idosos, coletando assinaturas dos visitantes. Eu me imaginava como qualquer outra pessoa. Entendo que você talvez não considere isso lá muito ambicioso.

O problema era que, do mesmo modo que eu sempre quis ser alemã, polonesa ou italiana, também me via como uma mulher japonesa vivendo e trabalhando em uma cidadezinha no campo próxima de algum tipo de fonte de água natural. Cada uma dessas vidas tão diferentes me atraía, e a grande maioria estava tragicamente fora do meu alcance. Isso tinha a ver com o dinheiro, a falta dele, mas também com o fato de que perdi minha mãe muito cedo. É só agora que consigo reconhecer que isso afeta a gente, muda a forma de enxergar, define a nossa ideia de "tragédia". Faz a gente odiar surpresas.

Talvez eu devesse ter me tornado espiã, mas acabei não dando em grande coisa. É uma pena que não dê para ganhar a vida simplesmente observando as pessoas. Todas as vezes que trabalhei em escritórios, o homem que vinha consertar a impressora ou a mulher da limpeza e seu carrinho rolando corredor abaixo sempre me intrigavam muito mais do que qualquer outra pessoa em todo aquele andar do prédio. Eu queria ouvir as histórias deles. Ficou evidente para mim que eu queria ser tanto o barman como a pessoa bebendo no balcão do bar. Um belo dia, traduzi em literatura a noção de saber pouco sobre muitas coisas. E a melhor parte é que qualquer pessoa pode se tornar tradutora.

Antes de pegar no sono, faço uma formidável proclamação: a maternidade vai me dar propósito.

Propósito, propositum, proponere, propono, purpos, paus, pausa, por favor.

No dia seguinte, me sento e traduzo e mastigo bolachas e queijo e eu poderia viver assim para sempre. Procuro palavras que não conheço, tento entender como elas devem ser usadas, mas acabo por manuseá-las da forma que me parece melhor. Migalhas caem nas frestas do romance que estou traduzindo e meus dedos gordurosos borram as páginas. O suicídio no livro é iminente.

Estou com desejo de comer *pain au chocolat*. Ou quem sabe... amêndoas. Sorvete de baunilha. Mastigo uma maçã inteira até não sobrar quase nada. Sonho acordada com uma massagem dolorosa nos pés, completa com pedras aquecidas debaixo das solas.

Vou petiscando durante a primeira versão do texto, o primeiro trimestre, e vou cochilando durante os outros dois.

Quando John volta do trabalho, às vezes me chama de querida e pergunta *Qual é a dessa trilha de talos de maçã?*

Há batidas na porta.

Do quarto, escuto John abrindo a porta para alguns amigos que esperaram aquele segundo a mais para poder entrar. Antes de ir até o hall do apartamento para cumprimentá-los, arrumo o cabelo, verifico se não há manchas de leite na blusa e puxo o ar para me preparar. Já estou cansada mesmo antes de começar a conversar e me arrependi de não ter lavado o rosto.

Minha participação imediata na recepção das visitas é meio ficar só escutando a conversa que vai se desenrolando bem na minha frente. Sou um anestésico.

Os sapatos são descalçados e colocados do lado de fora da porta. Corpos se apoiam desajeitados contra a parede. Mãos são lavadas imediatamente após a entrada no apartamento. Presentes são dados com carinho. Deixo o que me é dado em cima da bancada da cozinha, a única coisa firme por aqui. Observo John se abaixar, ágil, sob a pia, para pegar um enorme frasco de gel antisséptico, que ele posiciona em cima da bancada.

Os amigos estão aqui para segurar a bebê e tratam-na como uma espécie de estátua sagrada e abençoada. Cheiram sua cabeça, na esperança de que ela conceda sorte para o futuro. Meu papel é passá-la para os braços deles.

Os amigos me dizem que ela é tão *Aiii* isso e *Ôô* aquilo, até que ela regurgita na manga de um deles. É um reflexo tão inocente, mas ninguém está a fim de limpar.

Toma, pode pegar eles dizem.

O meu reflexo é pedir desculpas, devo ter lido em algum lugar que é isso que mães de recém-nascidos fazem, e vou rápida molhar uma pontinha do pano de prato para então voltar e pegar a bebê malquista.

Me desculpa, de verdade. De novo pedindo desculpas.

Os amigos querem saber como ela dorme e me enchem de perguntas vazias, como se estivéssemos comentando sobre o clima.

Os amigos me garantem que vão querer fazer parte da vida da bebê e agarram Button dos meus braços mais uma vez enquanto eu limpo pedaços de leite regurgitado das mangas.

Os amigos encaram os olhos fechados de Button, aguardando um sinal. Me devolvem a bebê quando ela suja a fralda. Eu enfim compreendo a velocidade contida em "sebo nas canelas".

Esses amigos são amigos de infância do John. Amigos de cinco anos atrás ou amigos mais recentes, amigos de diferentes círculos, mas quase todos da vida do John, só um ou outro do mundo editorial.

Alguns admitem como é *triste* não ter a minha mãe aqui para segurar a bebê assim como eles estão segurando a bebê. Alguns querem saber como é que vou conseguir dar conta quando John voltar ao trabalho, mas não se oferecem para visitar durante a semana. Vários deixam potes de comida e dizem *Não tem pressa de devolver o tupperware*. Mas outros amigos só vão aparecer de novo quando um aniversário estiver chegando, e eu ainda não sei disso. Alguns nunca mais aparecerão, e eu também não faço ideia de que isso vai acontecer. Um muro se ergueu — aquele que divide os com-filho dos sem-filho. Ele é feito de tijolos construídos a partir do entendimento mútuo de que nós não nos entendemos mais. É assim que a banda toca. Quando vou descobrir?

Uma amiga manda mensagem dizendo que precisa vir conhecer a bebê. Ela insiste em caixa-alta e pontos de exclamação, depois cancela a visita duas vezes.

Outra amiga vem e declara *Parece que tá tudo em ordem*. Ninguém pergunta sobre mim, sobre o meu trabalho ou sobre os pensamentos que chamejam em minha mente o dia inteiro, sozinha com a bebê.

Somos uma repetição eterna, sem início nem fim.

John fica todo feliz com o fluxo contínuo de visitas. Não é para menos, já que as visitas o conhecem muito melhor do que a mim. Enquanto estou com Button no colo, ele recebe os casacos e flores, indica com as mãos cheias o caminho para o banheiro e ao mesmo tempo despeja roupas ou bolsas de pano em nossa cama e me entrega um buquê que precisa de vaso. Ele não para de falar, mas, antes que comece a contar e recontar o nascimento de Button, eu me intrometo com

Desculpa, você se importa? E cravo os olhos nos calçados dos amigos que já lavaram as mãos. Eles não se importam, dizem, de jeito nenhum, e se retiram para então reentrar pela porta com meias que eles não esperavam ter de exibir em público. Durante suas desculpas pela péssima escolha de vestimenta para os pés, eu por um instante cogito pedir que lavem as mãos de novo.

Tem gel antisséptico ali.

Meu corpo, segurando Button e o buquê, aponta para a bancada da cozinha. Tem muita apontação com o corpo acontecendo por aqui hoje. Eles devem captar a mensagem. Mas por que eu tenho que ser a pessoa disposta a soltar a bebê?

John continua a contar a história do parto do ponto onde parou. Ela fica mais mirabolante a cada nova visita. Deixo as flores ao lado do gel antisséptico que ninguém usou.

Não passo muito tempo conversando com as visitas porque além de tudo é impossível ter uma conversa ou mesmo prestar atenção em uma quando meu peito está constantemente produzindo leite. Começo a pensar quase que impulsivamente em *alstra*, ou *generera*, ou *producera*, que vem do latim *producer*: "conduzir adiante, fazer avançar, fazer sair" — que vem de *pro*, "antes", mais *ducere*, "levar". Por favor, me leve até o tempo que veio antes disto.

Ao fundo, há uma distração em constante convulsão. Está sempre sendo tecida e fiada, até que vaza quando estou inteira em forma de leite. O que querem que eu diga? Não há nada de interessante em cuidar da bebê, não há nada sendo criado aqui.

Interessante — "que atrai a atenção de modo a despertar interesse" — me fala que é "algo de importância, digno de atenção" e permite uma "reivindicação", um "direito" — criando assim *ett alster*, um trabalho, uma coisa, um parir, mas enfim, digressões triviais que não agradam ninguém a não ser eu...

John segue no papel de anfitrião e eu me deixo ser uma intrusa e imagino mais uma vez que o vizinho do andar de cima toca o acordeão para o meu deleite. As melodias do instrumento canhestro escorrem largas e têm um som grave, mas estão abafadas pelo teto. Decidi que apenas eu consigo ouvi-las.

A enorme aranha maternal emerge de debaixo da pilha de casacos que se formou na cama, com um abdome que expande quando ela enfim se materializa por completo. Vem até mim com elegância e um quê de determinação. Não enxergo nem escuto mais ninguém dentro do apartamento abarrotado. Uma de suas patas espinhosas pega a minha mão. Uso a outra para lhe entregar Button, que desliza para dentro de uma mochila feita de teia que a criatura de oito pernas carrega, impávida. Button repousa em seu tórax, de modo que nós duas podemos dar as mãos. A aranha começa a me guiar em movimentos circulares pela sala de estar, seguindo as canções melancólicas que vêm do andar de cima.

Podemos ser vistas, da escada de incêndio e pelo vidro da janela, rodopiando, balançando — ela me concede a doce alforria e eu olho no fundo de um de seus quatro pares de olhos, é de tontear, ela é estonteante, estou viva de novo — mas, verdade seja dita, isso é tudo embromação, porque o fato é que

estou sentada, estou aqui sentada, suando de tanto amamentar e quase caindo de sono de tanto escutar. Fim. O fim de mim. Não há nenhuma valsa maternal, nenhum acordeão puxando e soltando o ar lá em cima.

Há um quadro de avisos de cortiça pendurado em uma das paredes da entrada do nosso prédio. Nele estão afixados alguns poucos comunicados e as informações de contato da administradora, para o caso de uma emergência. Logo abaixo fica um aquecedor que está sempre emitindo mais calor do que o necessário, não importa a época do ano.

Hoje tem um novo memorando no quadro, sobre uma cerimônia para marcar o falecimento da vizinha do andar de cima, aquela com um sobrenome que parecia do Leste Europeu. O obituário xerocado informa que ela deixa o marido, mas não menciona filhos, irmãos ou outros parentes. Uma publicação recente dela, sobre musgo e poluição ambiental nas cidades, está listada. Para me confortar enquanto leio essas palavras, deixo uma das mãos pousar em minha enorme barriga.

Eu nem sabia que briologia existia é o que eu digo durante o jantar, depois de mencionar o falecimento de nossa vizinha do andar de cima.

Que estranho que a gente nunca a viu John comenta.

Ou que triste.

Que triste nós concluímos.

Debatemos sobre ir ou não à cerimônia. Acho estranho fazer isso por alguém que morreu quando sequer sabemos até que ponto a pessoa viveu. Ele acha que seria gentil de nossa parte. Acabamos batendo boca por causa disso, sem saber ao certo por que a coisa tomou essa proporção.

Será que os hormônios podem levar a culpa por todas as decisões de vida feitas durante a gravidez? John acha que sim e me diz que eu não deveria me safar da situação tão fácil assim. Já eu penso diferente. Mais por teimosia do que por algum tipo de argumento que faça sentido. Naquela noite, nos deitamos um de costas para o outro, mas aparentemente fazemos as pazes em silêncio durante o sono, pois no dia seguinte nem mencionamos a briga. Dentro da barriga, a bebê faz movimentos expansivos que me deixam acordada e desconfortável na maioria das noites.

Não chegamos a uma decisão sobre a cerimônia e o resultado é que acabamos não indo. Uma semana depois, o memorando está caído no chão. O papel está meio amassado, manchado por conta de uma sola de sapato ou carrinho de bebê. Enfim, um dia depois, ele desaparece e eu fico tentada a conjecturar qual terá sido o destino do gato preto do andar de cima.

Estou tendo revelações sobre minha estupidez. De repente, não sei mais... bom, *nada*. Talvez não seja tão de repente assim e tenha a ver com o nascimento de Button, mas ultimamente, se eu parar para pensar, não sei mais como as telas touch screen funcionam ou como explicar a eletricidade de um jeito bem elementar. Aviões me impressionam, baterias são incríveis e as privadas de banheiro também. O fato de que há água potável saindo das torneiras todos os dias é algo extraordinário. Se o assunto é história, não consigo me lembrar quando a Guerra Fria começou e terminou. Não que isso me seja solicitado, mas é que agora o passado realmente não adere. E quanto ao presente: Alepo ainda aparece nas manchetes? O que é que está acontecendo na fronteira entre a Grécia e a Turquia? Eu não seria capaz de transmitir as notícias mais recentes sobre o surto de ebola; não faço a menor ideia se as pessoas ainda estão falando sobre zika ou se esse assunto já morreu. E *quais* são as diferenças entre "governo" e "parlamento"?

Eu antes sabia quais eram as cores de grande parte das bandeiras europeias, mas agora até as fronteiras estão embaralhadas. Acho que os escoceses querem a independência e tenho uma vaga noção de que os britânicos estão em uma saia justa, mas é meio que só isso.

Às vezes John lê as manchetes dos jornais online para mim. Elas quase sempre parecem beirar o absurdo e a grande maioria insinua que devemos nos preparar para a chegada de algo horroroso. Já estou tão entrincheirada no estado em que me encontro que tenho minhas dúvidas sobre até que ponto isso importa. Sequer tenho a chance de me preocupar com o futuro de Button.

Eu também não saberia dizer do que é feita a água. Qual é a palavra, para aquela coisa, que descreve os componentes da água ou do cobre ou da prata? A matriz de tudo o que as coisas contêm, a química das coisas.

Veja só, esta Miffo não faz a menor ideia.

A privação de sono arranca de mim qualquer possibilidade de me grudar de novo ao mundo lá fora.

O que você tá falando? John questiona, mas a vergonha dá as caras e não consigo racionalizar.

Deixa pra lá.

E ele pega no sono.

À luz solitária da noite, vasculho nosso apartamento com o olhar e vejo paninhos pendurados nos braços do sofá. Vejo pilhas de roupas limpas que foram cutucadas, caixas vazias de papelão empilhadas uma dentro da outra. Vejo o presente imediato e absoluto. Reconheço aquilo que o compõe e o observo sem hesitação. Já estive aqui antes.

Eu achava que sabia certas coisas sobre o mundo, mas, dentro desta nova existência virada pelo avesso, já não tenho lá tanta certeza. E, se não tenho minhas palavras, o que resta de mim? Sou pura e simplesmente uma esposa sem mãe acorrentada à minha própria maternidade? Por que alguém chamaria esta repetição de maternidade?

Eu me pergunto se, quando nasceu, Button levou alguma coisa junto. Ela me impeliu à destruição.

Só posso mesmo ser uma *Miffo*, uma bizarrice, uma demora, um estorvo e um fracasso. Um conceito de desassossego.

Digo para mim mesma, como se pudesse recolher todas as minhas partes no meio dessa bagunça

Aguenta firme.

Mas a pena domina, me segura pelo braço e me lembra que sou uma monstruosidade.

Levo nós duas até o outro quarto para dar de mamar. Há um pouquinho de luz entrando pela fresta da porta, mas tirando isso estamos sentadas no escuro. Button é um charutinho quente que se contorce em meus braços, ora acordada e ora dormindo. Eu a acompanho. Vou perdendo palavras a cada piscar de pálpebras pesadas.

Memórias de algumas recordações, em sua maioria agradáveis, aparecem diante de mim como um projetor antigo de fotografias. Entre elas está a pessoa que eu era com as ações que eu podia realizar antes do nascimento de Button.

Estou em Paris, descansando a cabeça de bêbada no peitoril do apartamento de uma amiga. Dormindo em uma praia na Croácia com as picadas dos mosquitos me acordando. Folheando livros em um *antikvariat* e cogitando a possibilidade de surrupiar um deles por debaixo da blusa. Estou em uma plataforma vazia de Toledo, aguardando o trem chegar. Deitada no chão de um museu, observando uma enorme instalação de luzes. Caminhando no acostamento de uma estrada. Gravando meus batimentos cardíacos na ilha de Teshima. Brincando no meio da lama com meu macacão azul e vermelho. Catando pedras no litoral. Filmando minha mãe, que está subindo em uma árvore. Estou comendo os morangos que ela cultivou. Estou escondendo cigarros em uma caixinha de madeira. Recortando fotografias das revistas. Cochilando no terminal do aeroporto. Comprando um casaco verde que está na promoção enquanto cai um pé d'água na rua. Dormindo na casa de um amigo de um amigo, num colchão surpreendentemente espesso com um só travesseiro e nenhuma coberta. Andando de carro pela zona norte de Londres quando um namorado me conta que aquele cantor de que nós dois gostamos acabou de morrer. *Ele se esfaqueou no estômago. Dá pra acreditar?* Esse namorado está bêbado e é ele quem dirige pela cidade cheia de luzes. Estou pensando naquele trechinho de um romance que li no ensino médio. Aguardando na fila da farmácia às duas da madrugada. Revelando filme. Deixando que John segure a minha mão em um parque de esculturas. Escutando a música que aquele artista de rua está tocando enquanto a escada rolante me leva para longe dele. Saindo de um cinema e seguindo um grupo de pessoas em direção à rua, enquanto o sol se põe atrás de nós. Bebendo um energético na seção de inglês da biblioteca central da universidade. Já são quase nove da noite e eu ainda tenho mais algumas horas de estudo pela frente. Estou assistindo a uma palestra sobre o conceito de melancolia. Estou sozinha em um canto escuro da boate, observando os lasers roxos e verdes que atingem a cabeça das pessoas na pista de dança. Andando de bicicleta por um campo de colzas e todas elas estão em flor. Às vezes eu solto o guidão. Estou catando confete do cabelo de uma amiga no meu casamento. Fazendo carinho em um vira-lata sem coleira na rua. Ouvindo as pessoas caminharem pelos calçamentos de pedra. Voltando para casa a pé, sozinha, de noite. Observando uma formiga escalar a pele do meu joelho. Pedindo uma xícara de café. Assoprando uma vela em um restaurante. Comendo um mil-folhas em uma confeitaria. Andando por uma velha rua em Budapeste em pleno verão, olhando a luz do sol refletida em uma vitrine. Segurando a mão de John no supermercado. Segurando a mão de John no balcão de imigração. Gargalhando em um jantar, jogando minha cabeça para trás.

Button deixa escapar um som que lembra um gorgolejo e estou de volta ao quarto. A divisa entre onde eu estava e onde estou agora é quase imperceptível. Não sei o que fazer com Button. Quando se pode tirar a bebê do colo? A bebê vai ficar menos apegada a mim se eu a tirar do colo? Ou ela vai ficar mais apegada a mim se eu fizer isso?

Aqui estou, sentada e respirando e sentada e nem sequer esperando, mas assistindo às memórias que aparecem e às memórias que desaparecem, como as ondas do mar. As ondas do mar.

Procuro meu celular.

Deixo a luz florescente iluminar meu rosto.

Google:

o que é água
qual é o composto químico do sal de epsom
o que é toc no pós-parto
toc no pós-parto sintomas

Abro meu e-mail como uma forma de me distrair da realidade noturna, e a editora que vai publicar minha tradução mais recente sobre a mulher que leva o marido ao suicídio quer me oferecer um outro projeto: uma tetralogia escrita por uma das autoras mais respeitadas, porém mais negligenciadas, da literatura sueca contemporânea. Os livros viraram sucesso de vendas na Escandinávia e marcaram a primeira vez que uma série inteira recebeu o Prêmio Literário do Conselho Nórdico, para a ira de certas pessoas. É daqueles projetos superambiciosos, épicos mesmo, que abarcam gerações e países, um verdadeiro marco em uma carreira longa e ainda assim discreta. Na mensagem, a editora diz que esses livros sem dúvida vão virar parte do *cânone do futuro* e que está muito contente de ter adquirido os direitos.

Ela quer saber se eu quero traduzir. Cada livro tem mais de seiscentas páginas, todas escritas no denso estilo emblemático da autora, e ela vai me dar mais de um ano para cada um deles. Isso significaria alguns bons anos de trabalho sentada à minha escrivaninha.

Ela também diz que a autora insiste que uma só pessoa traduza toda a tetralogia, então é necessário um comprometimento sério com o projeto. Ela vai me pagar royalties. Colocar meu nome na capa.

Também é mais fácil para ela, que não vai ter que buscar um novo tradutor a cada novo livro ou ter que mudar demais o cronograma. E ela confia no meu trabalho, não precisa de uma amostra da tradução antes de começarmos. Ao final do e-mail, ela me incentiva a começar a ler o primeiro volume, dizendo que eu com certeza vou me empolgar com o projeto depois de algumas páginas. O PDF vem em anexo.

Nunca me deparei com um projeto que oferecesse tanta segurança assim em toda a minha carreira. Júbilo e medo pipocam em medidas iguais. Ainda que eu acabe entediada ou frustrada na metade, é difícil resistir.

Tenho vontade de contar essa novidade ao John, mas já passou da hora de ele dormir e não quero atrapalhar seu sono, que agora é tão escasso. Algo se desloca por cima da minha cabeça. A rachadura está se movendo de novo, envergando e inchando. Desta vez o movimento é quase audível e há mesmo descolorações que se deslocam para longe do branco e na direção de tons de amarelo, parecendo até um pouco úmidas. Posso imaginar Peter no andar de cima, arrastando o tanque fiel de um canto do cômodo para o outro.

Percebo que o mundo vai continuar sem mim, quer eu queira, quer não. A escrivaninha está me chamando. O som vem em um comprimento de onda que só os cachorros conseguem escutar — ou as mães com privação de sono.

A escrivaninha me chama.

Estamos na cama e nossos corpos estão num aperto. A respiração de John é profunda; o sono está quase chegando. Ele não está mais interessado em conversar, mas eu por outro lado estou agitada e impaciente. Atualmente, pegar no sono me deixa ansiosa. É fácil ficar pensando demais em alguma coisa, ficar embrenhada nas palavras. Pensando no trabalho, há um lugar que estou tentando traduzir, mas ele é tão particular às ilhas suecas que provavelmente vou deixar como está no original. Pode até parecer a solução mais fácil, mas às vezes estrangeirizar a tradução é o melhor caminho. O leitor talvez considere a experiência gratificante. Amanhã vou voltar ao trecho em questão e tentar de novo.

Pego a mão de John para colocá-la em cima da barriga, que está expandindo, crescendo, prevalecendo, e a ideia de que você está dentro dela me consome inteira. Estou dormindo com o fascínio e o desconhecido.

Não acredito que minha mãe não tá aqui.

Eu sei, amor ele responde, num acalento.

Ele me dá um último carinho antes de dormir e o sono vem tão instantâneo. Seu corpo cede voluntariamente e com tanta facilidade aos sonhos.

O pensamento em minha mãe se sustenta até que me pego repetindo as quatro lembranças em que costumo vê-la: debruçada sobre a pia da cozinha, enfiando as mãos em terra molhada, estirada em uma cadeira de praia ou andando de bicicleta.

Às vezes eu a vejo ali comigo, observando minha própria recordação de uma lembrança. Jamais permito que outra pessoa se infiltre nesses momentos. Mas dou uma embelezada nos detalhes, faço-a mais bonita e mais gentil do que ela realmente era. Dou-lhe unhas feitas e uma profissão de prestígio, sendo que na verdade ela era só uma pessoa comum. Mas o que mais eu tenho à minha disposição agora que ela se foi?

O sol sempre a acompanhou para todos os cantos que ela ia? Será que ele foi aparecendo apenas nos bons momentos para se infiltrar em minhas lembranças? Quando penso nela, a luz do sol quase sempre está presente.

E, nos momentos mais felizes, estou andando de bicicleta atrás dela, olhando seus tornozelos expostos. Ela sempre levava apenas uma mochila pequena, não importava o nosso destino; vai ver ela sabia que nada de ruim aconteceria conosco naquela trilha. Era quase sempre um caminho longo e sinuoso, que desembocava em enormes campos abertos, plantações, paisagens. Minha mãe nunca se preparava para o pior. Talvez por isso ela fosse mais feliz do que a maioria. Talvez sua morte tenha sido mais doce por conta dessa ingenuidade. Talvez eu devesse ter tentado conhecê-la melhor. Talvez assim eu tivesse mais do que meu romantismo a respeito dela.

Enquanto minha cabeça descansa no travesseiro, lágrimas enchem minhas órbitas oculares. Elas acabam escorrendo pelos cantos amolecidos do meu rosto e eu me junto ao sono de John.

Nesse meio-tempo, você continua a ser um músculo que pulsa. Você é grupos e mais grupos de células que se multiplicam, expandem, metamorfoseiam, espiralam, esticam. Desenvolvendo unhas, cílios, uma personalidade.

Você é possibilidades.

John e eu estamos deitados em nossa cama. Button está em sua cadeirinha de descanso bem do lado de fora do quarto, para termos um pouco de privacidade. Só até descobrirmos o que é que estamos tentando fazer.

Ele está com os dedos lá dentro e eu estou retribuindo com beijos. Os dois movimentos são lentos, estamos dando passos no escuro, tateando com a ajuda de qualquer lasca de luz que aparece refletida nas coisas ao nosso redor. Meus pontos foram absorvidos pelo corpo, eles bizarramente agora são parte de mim e a protuberância em minha barriga já não é tão aparente, mas ainda não explorei as condições atuais entre as minhas pernas. Entendo minha vagina como uma entidade separada de mim. Em linhas gerais, não penso nela, não posso controlá-la, mas ainda assim estou ciente de que ela existe em algum lugar, quase como se fosse um estado soberano reconhecido por lei.

Coloco minha mão em cima da cueca dele e consigo sentir seu pênis duro, firme por baixo do tecido. Tenho inveja de como tudo é fácil para ele, como a excitação acontece e se revela com tanta rapidez, mas não digo nada para não correr o risco de cortar o clima. Eu, porém, não estou no clima. Não há nada para sentir aqui, então me transporto para outro lugar e me imagino indo jantar sozinha, comendo uma tigela de macarrão bem queijudo à luz de velas, mais contente impossível. Tenho em minha mão uma taça de vinho tinto da casa e há outros pratos na minha frente. Animada, petisco um pouco de tudo: pedaços de brócolis, schnitzel de vitela, pão de crosta grossa, manteiga com sal... John, no entanto, continua procurando. Em algum momento ele deve ter notado que estou completamente seca. Estamos tentando ser carinhosos. Estamos tentando e estamos mentindo. Ele para de me beijar e sussurra

Quase dá pra ouvir um eco, de tão vazio.

Sempre o engraçadinho da relação.

Ecoooo ele completa, como se tivesse gritado do topo de uma montanha.

Muito engraçado eu respondo e o empurro para longe, mas não tão longe assim. Afinal de contas, quem sou eu para dizer que não parece um imenso espaço vazio lá embaixo.

Mas a tentativa de me deixar molhada vira uma situação desconfortável, então nós desistimos e trocamos mais alguns beijos. A ereção dele vai encolhendo na minha mão. O momento passou. Nós dois sabemos que passou. Somos dois corpos cansados e moles que ainda se encaram. Reconhecemos a verdade.

Posso tomar um banho? pergunto.

Claro ele responde e rola para longe de mim.

Na banheira cheia de água quente, minha mente vai até Agata, a esposa de Peter, e penso no tanto de tempo de vida que ela passou ajoelhada e de bom grado. Como ela costumava ficar dentro da mata, encarando os pequeninos espécimes que estavam bem na frente de seus pés. Como ela não precisava de muito e como o mundo não exigia muito dela. Como sua ausência é sentida por apenas uma pessoa no mundo inteiro. Como nem mesmo o musgo sente que ela não está mais aqui.

Penso em todas as muitas coisas incríveis que ela deveria saber sobre a vida, uma vida dedicada à pesquisa e ao conhecimento.

Também fantasio uma imagem de Peter sentado ali perto, na borda da banheira. Ele está tocando músicas pop no acordeão, mas as melodias estão mais lentas, como se tivessem passado pela agonia de uma guerra. Vou cantarolando de lábios fechados e me entrego à boa acústica do banheiro. O tanque de oxigênio ao meu lado faz parte da plateia de dois. Tenho saudades sinceras deles, me alento ao pensar que ao menos tive a chance de conhecer Peter, o tanque (e a ideia do que foi Agata) por um breve momento, e, conforme a água me encharca, decido acrescentar valor ao breve e fugaz momento que tivemos juntos. Este é meu batismo.

Então eu canto

Di cra num sco par ium
    Di cra num mon ta num
    Di cra num ful vum
    Di cra num
    ful vum

Mais tarde e recém-acordada de uma soneca, me deparo com Button adormecida em meu peito. Seu corpo, pesado como um saco de farinha, exerce força mas não causa desconforto. Uma respiração serena e sossegada nasce, cresce e morre em sua pequena forma que no momento não pede nada de mim. Essa respiração oferece ternura e expande a definição de *trygghet*, conforto.

Jag känner mig trygg med dig. Meu sussurro é para dizer que me sinto segura com ela.

Button já dorme por intervalos maiores de tempo. Eu ainda uso a bomba extratora de leite, mas agora que ela também tem a mamadeira, John pode ficar mais tempo com ela sem que eu precise estar por perto e então posso dormir ou me sentar à escrivaninha, ler uma página de algum livro ou buscar o significado de uma palavra que não me vem à mente de imediato.

A maioria das palavras ainda não retornou por completo, mas eu tento, não tem problema, e posso escovar meu cabelo ou passar o fio dental. Posso começar a traduzir alguma coisa nova, como a primeira parte da tetralogia, ou posso beber uma xícara de café fresquinho sentada nos degraus que conectam a calçada ao prédio. Escolhas começam a retornar.

Não é sempre que faço isso, mas saio para almoçar com uma amiga que teve bebê há pouco tempo. O lugar serve cafés e *toasts* a preços exorbitantes. *Mas é muito gostoso*, ela promete, e eu arrasto a cadeira sem encosto para longe da mesa na tentativa de ficar confortável e deixar espaço para a barriga.

Minha barriga continua a expandir e deixo que ela fale por si mesma, porque quero me concentrar em comer e não falar de mim, mas só posso pagar a sopa do dia. Minha amiga pede o combo do almoço e me pergunta do trabalho, supõe que vai ser bom controlar o meu tempo livre depois que a bebê nascer.

Não tem muito o que contar, sabe. Eu gosto da solidão.

Ela observa meu corpo, tentando entender minha imensidão.

Ainda tem muita morte e melancolia nos livros?

Sempre eu brinco, e pergunto como anda o trabalho dela na organização não governamental. Ela fica contente de poder falar um pouquinho sobre si.

Ela envelheceu desde que pariu, e o impacto se faz visível em seu rosto, cabelo, ombros, em seus sorrisos. Há uma falha ou falácia em sua aparência. Um tique está sempre prestes a desmascará-la. Na última vez que nos vimos (antes do bebê dela nascer), ela brincava sobre coisas que julgava engraçadas. Hoje, sua presença é translúcida e sua atenção, dispersa, ainda que a criança não esteja por perto. Mas o esforço é louvável, eu acho.

Entre colheradas de sopa e mordidas de sanduíche, minha amiga declara *Eu odeio tirar leite*. Diz que está sempre com a sensação de que está cheirando a leite morno quando entra no escritório e de que não se lembra do que deveria estar fazendo ali no trabalho. Eles montaram uma espécie de cômodo sem janelas para ela, do tamanho de um quartinho de casacos. Não é espaçoso, está mais para um daqueles em que o casaco já bate na parede assim que você o pendura. E ela sempre esquece alguma coisa, uma tampa aleatória, um pacote de gelo, ou então larga mamadeiras cheias de leite na geladeira dos funcionários.

Mas o trabalho em si é legal ela completa, tentando me convencer, aparentemente querendo conversar sobre outra coisa.

E você, animada? ela pergunta. *John com certeza deve estar. Ele vai ser um ótimo pai, e vai ser tão atencioso com você.*

Concordo, afetuosa, pensando que ela provavelmente tem razão, mas minha mente não destrava do espanto: como ela mudou. Ou será que agora que o bebê nasceu ela está mais à vontade na própria pele?

Não sei dizer, eu nunca fui muito boa nessa coisa de amizades.

O que quer que tenha acontecido com ela, decido ali mesmo, naquele lugar onde tudo custa os olhos da cara, não vou acabar desse jeito. Não vou deixar a maternidade me atirar na sarjeta. Eu sei que não.

É impossível me desfazer desse reflexo enraizado de julgamento, e confesso que estou pegando pesado com ela. É estranho que eu não consiga controlar isso, mas cá estamos.

Ela me abraça mais forte do que o normal quando nos despedimos depois do almoço, como se estivesse convencida de que não vamos nos ver de novo durante um intervalo de tempo não identificado. Antes de seguirmos cada uma um caminho, ela me dá um conselho não solicitado, dizendo algo como depois que a bebê nascer, *o segredo é parar de querer as coisas*, e eu não faço ideia do que ela está falando.

As luzes estão acesas porque já começou a anoitecer. O pote de musgo parece morto em cima do peitoril da janela. Estamos sentados em silêncio, e a sensação é de que estamos assim há muito tempo. Peter e o tanque estão de volta à pequena mesa de jantar. Ele coloca uma das mãos em uma xícara cheia de chá, mas não bebe. Diz que não vai conseguir aguentar mais muito tempo e sua voz sai bastante rouca, ele deve ter passado o dia inteiro sem beber água e talvez até sem falar. Eu queria que ele tomasse um gole de chá.

Button está no tapete no meio da sala, deitada de barriga para cima como um inseto que acidentalmente se virou para o lado errado. John ainda está no trabalho, mas já deve estar quase saindo. As coisas não são as mesmas quando ele não está aqui.

Peter diz *Você tem liberdade*. Sou livre para dizer o que penso, se assim quiser. As paredes estão prontas para aguentar. O tanque ao lado dele emite um silvo breve e muito, muito leve, talvez indicando o fim do oxigênio. Peter se volta para a janela, através da qual se veem algumas rolinhas empoleiradas no guarda-corpo, como se estivessem esperando. Vou até o sofá e me encosto em uma abóboda de roupas limpas. Pressiono o rosto contra a pilha e deixo que silêncios irregulares aconteçam entre nós. A esta altura, eles já são aguardados, não são importunos e nem demandam muita atenção. Por mais que sejam breves, trazem conforto e proteção. Me dão espaço para poder explicar quando levanto a cabeça.

Esta é a sua vida e você está tão embrenhada nela que não pode desfazê-la, não pode despir a sua bebê porque ela quer estar viva, não pode refazer sua carreira, você não vai mesmo ser uma dançarina profissional e nem entrar para a filarmônica, não adianta nem começar com aquela fantasia de um dia se tornar uma cineasta independente de vanguarda, porque você está aqui, com aquele mesmo sentimento de quando sua mãe morreu, só que agora você se pergunta: quem ao seu redor acha que é importante saber como é difícil dar de mamar? Ou a frequência com a qual você fica coberta — às vezes até os cotovelos — em fezes quando vai trocar uma fralda? De que importa alguém saber a quantidade de roupas sujas que se multiplicam entre estas quatro paredes? Ou o ato de colocar essas roupas no varal, dobrar essas roupas depois de limpas. Quem quer reconhecer a repetição? Quem se importa com a composição da domesticidade?

A própria coisa que nos trouxe até este mundo e suas condições recebem uma cusparada na cara.

O guardar as roupas, o reabastecer a caixa de lenços umedecidos com novos lenços umedecidos, o tirar as fraldas das embalagens, o pedir mais pomada para assaduras ou lencinhos de papel, o limpar a bunda, o limpar as babas de leite dos ombros, queixos, sofás, o deixar de molho com OxiClean as roupas que estão sujas de fezes, o esvaziar a lixeira de fraldas, a baforada de merda que sobe quando você faz um nó para fechar a pesada sacola de plástico, o moisés precisa de um lençol novo, tem que despejar dentro da privada a água de Oxicocô que estava no balde, rezando para não acabar com merda pelos dedos, lavar as mãos, não pegar uma gastroenterite, não se olhar no espelho, melhor trocar o absorvente empapado de sangue quando não estiver com a bebê no colo, lembrar-se de primeiro esguichar a água e só depois *pressionar de leve para secar a vagina*, não ficar assustada com o sangue, não se esquecer de usar o spray para atletas na hora de amenizar a dor, puxar a calcinha descartável até lá em cima, pegar a bebê, segurar essa coisa no colo, segurar, segurar, você que não ouse soltar.

Tanto fazer e nenhuma poesia é o que digo a Peter.

Descrevo a vergonha absoluta que tomou conta de mim desde que Button chegou aqui em casa.

O desejo, porém, existe Peter lança, sábio e fantasmagórico, mas também quem sabe algo tenha se perdido na tradução.

O homem deve estar para morrer se tem uma paciência dessas para uma mulher tão histérica, e meu estado debilitante acaba impedindo que eu peça desculpas.

Com seu sotaque carregado, Peter dá a entender que o amor não vem sem seus sacrifícios. O tipo de amor que importa não existe sem que existam também algumas perdas. Mas ainda há que se constatar qual tipo de perda é suportável, tolerável, renunciável.

Está na minha hora ele diz, e eu não entendo totalmente a gravidade dessa simples frase até que seja tarde demais. Peter é um nevoeiro que se dissipa, uma fumaça que evapora, uma maré que baixa.

O monólogo sofre uma transição tranquila e, quando John entra pela porta, estou no mesmo lugar de antes, só que agora Button está berrando. Ele a levanta do chão e a desliza para o braço. Sentam-se ao meu lado e ao lado da pilha de roupas. Ela ainda está descontente, mas agora um pouco menos.

O que é que tá acontecendo? ele pergunta, mais uma afirmação do que uma pergunta propriamente.

Não posso te falar o que eu tô pensando.

Por que não?

Se eu falar, você vai tirar a bebê de mim.

Por que você acha isso?

Ele me encara, sério. Button olha não para nós, mas através de nós dois. Ainda bem que ela não pode me dedurar.

Você precisa dormir mais ele declara, solene e talvez por estar relutante em continuar ouvindo.

Button é passada de volta para mim. John vai até a cozinha porque parece menos impotente quando está me alimentando. Eu não digo nada e ele não diz mais nada. Escuto o abrir e fechar da geladeira algumas vezes. Não demora muito e ele monta uma refeição para mim. Caminhando até o sofá com um prato cheio, ele pergunta

Ele ainda vem aqui?

Às vezes. Numa barganha, eu lhe dou Button e ele me dá a comida, e por alguns instantes fica me observando enquanto vou comendo.

E se você parasse de abrir a porta pra ele? ele pergunta, mas não estou prestando muita atenção. Logo depois coloco o prato já vazio na almofada ao meu lado. A comida, seja lá qual tenha sido, estava deliciosa e me faz quase delirar.

Eu acho meio perturbador, só isso John afirma. De novo, não consigo processar essa tentativa de compreensão.

Meus movimentos são os de uma geringonça prestes a estourar, e ele sabe que está na hora de tirar minhas pilhas.

Olha só, vai descansar e eu te acordo quando ela precisar de você ele sugere, me dando permissão para deitar na cama com as roupas que eu estava vestindo, sem lavar a cara nem escovar os dentes. Estou tão cansada que dói e, quando minha cabeça encosta no travesseiro, já estou dormindo.

Uma dor brota na pélvis e vai crescendo na direção da espinha, e eu acordo como se o detector de fumaça do apartamento tivesse disparado. Assim de cara, não sei bem onde estou. O apartamento está completamente escuro e todo mundo está dormindo, menos eu. Não consigo ouvir a respiração de Button. Estendo o braço para o breu, na direção do moisés, querendo tatear o caminho até o peito que sobe e desce. Ali está ela. Aguardo o movimento. Ele vem, suave. Confiável, tal qual aquelas ondas do mar.

Estou acordada entre minha filha e meu marido, no quarto escuro, e o desassossego continua a me atormentar. Consigo escutar os sons que vêm lá de baixo, da nossa rua: uma pessoa atirando uma garrafa de vidro na calçada, um gato miando esganiçado de dor ou para expressar outra emoção. Há um bate-boca de gente bêbada, talvez até um assalto, a não ser que minha mente esteja indo longe demais. Alguém abre a porta de entrada do prédio. Ou voltando para casa, ou chegando para uma visita na madrugada.

A geladeira engrena um zunido baixo e me distrai. Volto meu olhar para John, indiscutivelmente bonito ou ao menos inocente, mesmo quando está dormindo.

Eu me mexo e Button acorda com o estalar do meu punho. Um choramingo demorado sai dela, ela que consegue ouvir minha inquietação e percebe todos os meus movimentos. Eu me ponho sentada na cama, as costas contra a parede. Há o leve estalido do travesseiro e o rápido farfalhar do edredom. Afasto o sutiã de amamentação para o lado e apresento à luz da noite um pesado seio. Por algum motivo, meu mamilo parece ainda mais escuro dentro da escuridão do quarto.

Com o peito exposto, volto-me para Button e uso os dois braços cansados para pegá-la. Seguro seu pescoço com ambas as mãos, como se estivesse prestes a beber de um cálice. Vou levantando seu corpo em minha direção: a máquina de leite está em pleno funcionamento.

Ela encontra o leite mesmo no escuro, e, enquanto vai bebendo, vou arrumando as partes de seu corpo. Levanto um braço, reposiciono uma perna. O corpo aquiesce, toda vez. Ela confiou a mim toda a sua vida ainda não vivida. É uma responsabilidade que simultaneamente me estimula e me revolta. Por exemplo: minha boca é tão grande comparada à dela. Se eu quisesse, poderia cobrir a sua boca inteira com a minha e, se eu a beijasse, não haveria como ela me impedir. Será que eu deveria estar beijando a boca dela?

A total impotência de um bebê é algo que dá nos nervos. Eles não conseguem nem levar em conta o nível de exposição de seus corpos. E se eu ampliar essa exposição e atirá-la pela janela? E se eu deixar que um entregador venha até aqui para apanhá-la? E se eu der as costas por um segundo e as coisas que são mais preciosas para mim forem perdidas para sempre? A noite a protege e, ainda assim, a noite é minha ruína.

Quando Button diminui o ritmo e termina de mamar em um dos peitos, eu a coloco sobre o ombro e dou leves palmadinhas em suas costas, esperando o ar emanar do minúsculo corpo. Continuamos assim até que tomo a decisão de migrar para o quarto dela. Nós duas atravessamos as sombras montanhescas criadas pela pilha de roupas limpas durante a noite e nos sentamos em uma cadeira. Ligo o ruído branco e dou a ela o outro peito. E lá continuamos, na escuridão. Devagar, os contornos do quarto começam a aparecer. Reflexos disformes começam a se distinguir. As persianas estão fechadas, o ar-condicionado de um vizinho ao lado retumba. Meus pensamentos estão abafados pelo som do ruído branco, que me leva cada vez mais para perto do sono. Só que, se eu dormir, vou derrubar a bebê e eu não deveria derrubar a bebê.

O ruído branco constante infiltra a minha consciência enquanto Button bebe da outra teta. Para que eu possa me ouvir pensar, meus pensamentos precisam berrar.

Mas eu quero ser livre.

O quarto escuro engole minha frase. Os olhos de Button estão fechados, como os de um filhote de cachorro que acabou de nascer. O ruído branco não vacila. Sigo com meus gritos:

Me deixa ser criança.

Se ao menos eu pudesse me sentar à escrivaninha. Volto meu olhar para as paredes opacas ao nosso redor. Meu nariz começa a escorrer e minha barriga está espremida graças ao peso de Button. Limpo o nariz com a palma da mão e é impossível não me sentir digna de pena. Minhas pernas estão duras e doloridas de tão pouco movimento. Meu pescoço estala, minhas costas vergam para a frente e meus olhos estão secos por conta do ar que não circula. O tamanho do apartamento é o contorno do meu corpo. Restos de lágrimas e sujeira e suor e melecas em todos os nossos cantos articulados, na forma de cascas e gosmas. Sou prisioneira em uma prisão que eu mesma construí. Afinal, eu fiz Button e a desejei, e agora não posso sair daqui.

Por que você não pode me dar uma mãe?

Button desmaia por completo e finalizamos os dois lados. Sinto inveja do relaxamento completo de seu corpo, uma sinceridade total, um arrebatamento total. Seria esta a definição de "puro"? Meu repertório de palavras está se deteriorando cada vez mais. Eu a deixo em um canto do sofá e caminho em direção à cozinha numa incursão para encontrar uma refeição urgente.

Bato um ovo cozido contra o balcão e atiro a casca dentro da pia. Eu o devoro em três mordidas e sem sal. Abocanho pedaços de uma maçã e arranco um naco de queijo parmesão, misturando os diferentes sabores dentro da boca. Trituro cenouras baby até que os pedaços me fazem tossir. Como pedaços de ricota direto do pote e apanho algumas amêndoas de dentro do armário. Avisto um pacote aberto de bolachas de água e sal e amontoo migalhas em cada bochecha. Engulo todos esses mantimentos com água, entornando um gole atrás do outro.

Eu achava que
a amava, em teoria, mas
eu a odiava na condição de Button,
na condição de tudo o que penso e tudo o que sou. E o que é que eu sou agora?

Ainda titubeio em meus passos, como se ela antes fosse a responsável por manter meu corpo em equilíbrio.

Google,

Eu acho que
antes eu acreditava em
rabiscar nos cadernos
escrever cartas
lacrar envelopes
mandar bilhetes
andar de bicicleta
soltar o guidão
caminhar de pés descalços
assoprar dentes-de-leão &
tomar sorvete
ou sair para dar uma volta a pé
antes eu apreciava
mágica (daquele tipo que as crianças acreditam, daquele tipo de
esconder atrás das orelhas e
desaparecer em caixas com fundo falso) eu acreditava em
poesia (óbvio) e em
bobagens, mas também
narcisos
ler até deixar o livro despencar em cima da gente
deitar na sombra
ficar só olhando
cochilar

nuvens
sucumbir ao céu
ler poesia no peitoril da janela
fazer anotações no peitoril da janela
o peitoril da janela
as copas das árvores
sol brilhando entre as folhas
a biblioteca
o corredor de livros
o cheiro de poeira, a cosquinha no nariz
cair de amores, imediatamente & loucamente
sexo
dormir até mais tarde
outras pessoas
fazer arte que cabe na mão de outras pessoas
conversar com gente que não conheço, flertar
em shows
árvores
crepúsculos
mãos dadas
linguagem.

Tá tudo bem? Peter questiona.

Na manhã seguinte, sozinha com Button mas na companhia restituída do meu vizinho, me atino para a situação das facas. Elas não estão onde costumam ficar, e o desaparecimento fica evidente de imediato dentro da gaveta da cozinha. Até a minha única faca boa, que foi mesclada à coleção mais elaborada de John. Mas, depois de vasculhar meio ao acaso, percebo que John não escondeu do meu alcance todos os objetos cortantes; só as facas. Ele não parece preocupado com a possibilidade de eu arrancar os olhos de Button com um dos nossos garfos, mas talvez eu não devesse ficar colocando mais ideias na cabeça dele.

Saio da cozinha em direção a Peter, carregando uma nova xícara de chá. Button está dormindo na cadeirinha de descanso ao lado dele.

Meu marido escondeu as facas.

Ele posiciona uma mão na xícara, e a outra aperta o tanque como se houvesse a possibilidade de fuga. Ele me pergunta se isso é normal.

Eu diria que não.

Circulo a mesa e sento-me de frente para ele.

Você precisa de uma faca?

Acho que não, pelo menos não agora.

Talvez ele esteja te dando um favor. Ele toma um gole da bebida que estava à sua frente, vestindo a máscara de alguém que está bem-disposto, sendo a pessoa com todas as respostas.

Você acha que tem algo de errado comigo? Minha pergunta é para Peter, mas estou com os olhos em Button.

Não muito, apenas o normal ele afirma. A luz do cômodo é afável e confere à pele dele um matiz suave. Consigo ver através dela.

Você vive apenas pra pensar nela? eu pergunto, descuidada.

Persze ele concorda.

Solta um suspiro cansado e reajusta um dos tubos atrás da orelha.

Ela era uma boa companhia.

Ele reconhece que nunca soube ao certo o que tinha para dar, mas que tentou ser um bom marido.

Uma pitada irregular de ciúme toma conta enquanto escuto Peter falar sobre a esposa, e Button desperta graças a um respiro profundo que ela mesma deu, como se estivesse sendo perseguida durante o sono. Ela solta grunhidos nervosos. Eu a seguro no colo e afasto um pedaço do robe para o lado. Solto a parte superior do sutiã. Tomo um seio na mão para colocá-lo no ângulo da boca aberta de Button e faço os dois se encontrarem. Já não há nada de tenso em me expor na frente de Peter.

Enquanto Button vai mamando em meu seio, alheia à leve mudança de planos, retorno às minhas emoções contraditórias e ao anseio por John, ao desejo de que ele estivesse em casa conosco.

Uma certa convicção desponta; delicada, mas desponta.

A gente não tem mais muito tempo eu explico. John está me consolando em nosso sofá. Há uma mancha úmida na camiseta dele. Ao final da minha frase, ele me aperta mais forte e começa a me ninar.

Eu sei, eu sei.

Peço desculpas por estar emotiva. Ele enfia uma mão por dentro do nosso abraço e aperta um dos meus seios. Meu corpo sacoleja feito gelatina.

Eles estão tão grandes ultimamente.

Eu sei, é muito louco.

Eu gosto deles assim.

Eu também.

Ele pega meu celular e começa a mexer no aplicativo de maternidade que compara o tamanho do feto a uma fruta ou vegetal. Um clichê tecnológico ao qual você tem acesso durante a gravidez e que tem como propósito reconfortar a mãe por vir.

Como é que dá pra pular da berinjela pro milho? John questiona. Isso não faz o menor sentido. Nós dois sabemos que berinjela é maior do que milho. Dou uma risadinha numa espécie de estupidez ou inocência, as ondas de hormônios bombeando pelo meu corpo, afastando todo aquele desconforto que vem junto com o bebê que cresce dentro de você.

Abobrinha, couve-flor, abóbora... tem uma horta inteira aqui.

Para, você tá me deixando com fome respondo, tentando recuperar meu celular. Nós esperneamos e gargalhamos e caçoamos e fazemos cócegas até eu ficar sem ar. Eu me separo daqueles braços tão cheios de amor e, ainda rindo, vou até a geladeira. John começa a mexer no próprio celular e vai tagarelando, meio que para si mesmo, listando todas as coisas que ainda precisamos fazer antes de a bebê chegar. Temos tempo e também não temos mais tempo algum. A aflição dele é uma graça. Eu ainda estou pensando majoritariamente em comida — o corpo manda, o corpo faz. Em sueco, *kropp*: uma bolota redonda e comprimida, um bando, um bucho, uma bolsa jugal, o papo de uma ave. O corpo é, em essência, um esôfago dilatado. Comida pode ser armazenada aqui dentro. Leite, produzido. Uma secreção celular reveste o corpo e alimenta pintinhos que acabaram de nascer.

Muito do que está acontecendo comigo ultimamente está fora do meu controle. A mente existe, mas é o corpo que dá as ordens. O coração bate para a bebê, o sangue circula até a bebê, o ar viaja até a bebê. Eu sou um reles invólucro, desde a unha do dedão até a ponta do fio de cabelo. Existe algum ser mais alienígena do que uma mulher grávida?

Penso nas vacas e corças e éguas que limpam seus filhotes com a língua logo após o nascimento. Penso na bolsa amniótica que se rompe assim que o potro cai no chão. O cordão que nos manteve com vida durante todos aqueles meses é cortado e nós ficamos livres. É tudo bastante poderoso e sublime. Estamos em nosso momento de mais vida.

Uma mosca de fruta passa voando em todas as direções na minha frente, causando cócegas em meu nariz. Meu couro cabeludo está coçando, minhas cutículas estão cutucadas e apontam para o alto, meu corpo está inquieto, os pontos estão formigando, a malha da calcinha está se enfiando pelas dobras das coxas. Estou à deriva. Meus olhos se mexem mais rápido do que minha cabeça, mas isso não tem importância, já foi.

As coisas se tornam suspeitas no escuro. E Button é um péssimo álibi.

Estamos sentadas e inertes no quarto dela, mas o corpo de cada uma fala em uma multidão de movimentos. Respiração pesada, cantarolar lento, um tique esquisito, a coceira constante, não fique pensando muito nisso, mas eu penso, porque o que mais posso fazer além disso? Estamos sentadas assim já faz algum tempo, desde que troquei a fralda e dei de mamar e acho que está na hora de voltarmos para o outro quarto, mas tenho medo de inquietá-la. Também estou cansada ao extremo para aguentar mais muito tempo. Preciso me deitar. Preciso de algo que atenue, que alivie. *Aliviar, relaxar, relaxo, relaxare.* Que me liberte do meu fardo. Quase *lättnad* em sueco, mas prefiro *befrielse* porque também significa "liberdade". Estou tentando convencer a mim mesma de algo em que não acredito.

A fadiga dá as caras e todo o meu pensamento racional se esvai.

Levo nós duas de volta para o quarto, embrulhada na exaustão. Coloco Button no moisés ao lado da cama e é como se ela conseguisse farejar a distância entre nós. Ela começa a chorar, com medo de ser abandonada. Tenho que pegá-la de novo no colo, senão ela vai subir o tom e acordar John, e ele precisa dormir.

Ela aquieta no meu colo e fica evidente que já perdi esse jogo. Então eu me rendo e levo nós duas para fora do quarto, até o sofá, e eu me rendo e me encosto e me rendo e caio no sono e com ela em meus braços eu me rendo e o sono vem de imediato.

A satisfação instantânea me engole, mas, antes que eu possa desfrutá-la, já estou inconsciente.

Quando acordo, algumas horas mais tarde, ouço uma certa barulheira e sinto a luz severa que vem de fora. É como se eu tivesse acordado dentro de uma dor de cabeça. John também está acordado e conosco dentro do apartamento. A barulheira, a luz e a presença de John indicam que é fim de semana, o que significa que sobrevivemos à nossa primeira semana juntas como mãe e bebê. As paredes do prédio estão chiando com o calor. Não consigo escutar o ar, mas consigo pensá-lo. John vem até nós, no quarto, e me diz que eu preciso ir lá fora. Carrega um semblante sério.

Por favor, vai dar uma voltinha com a bebê, tomar um ar fresco. Ele começa a fazer carinho na cabeça de Button. Ela fixa os olhos através dele e balança seus braços, suas pernas, seus tentáculos.

Ou então deixa ela aqui um pouquinho. Se você tá preocupada em ir longe demais, vai só dar uma volta ao redor do prédio.

Ele chega até a dizer que eu deveria tomar um daqueles cafés gourmetizados. Realmente, ele não está para brincadeira.

Consigo sentir o cheiro do carvão queimando nas pequenas churrasqueiras montadas ao pé das escadas dos prédios e suponho que há pessoas por perto, gente sentada em cadeiras dobráveis tomando cerveja morna ou gente encostada nas cercas, fumando baseados, levantando terra com os pés, andando atrás das crianças, levando cachorros para passear, bebericando café forte demais de delicatéssen, andando de bicicleta, patinete, o diabo a quatro. As atividades de um bairro estão a mil lá do lado de fora do nosso pequeno apartamento de dois quartos; eu não sou idiota. Mas sou, no entanto, uma Miffo.

Depois é a minha resposta.

Pareço uma viciada que tenta ser sincera, mas não consegue. Ele continua a conversa para dizer que precisamos começar a organizar as coisas, que o pediatra mandou uma mensagem para marcar mais uma consulta, tinha uma vacina que não estava no prontuário médico de Button e John não pode ficar se ausentando do escritório durante a semana.

Tá, depois a gente vê é a minha resposta.

Ele me observa sem dizer mais nada e me deixa mentir, me deixa defender a minha desolação, se retira e me deixa sozinha. Ele vai, ele se ocupa, faz aquilo que o interessa, organiza papéis, lustra sapatos, se exercita, faz uma vitamina, separa o lixo para a reciclagem, resolve alguma coisa na rua e me deixa permanecer e remoer a mentira, dentro da vergonhosa blindagem da negação.

Vivo na ranhura entre duas palavras.

É um dia de alto verão na cidade e estou a algumas poucas semanas de parir, tentando traduzir o máximo que puder antes da bebê nascer. Para matar duas vontades com uma saída só, fui titubeando até a confeitaria que fica na nossa rua. Estou sentada perto da janela e os movimentos da rua são constantes, mas não exaustivos. A tarde tem um doce ritmo de *lagom*, aquele tempo de entre estar das coisas: ainda não é hora do jantar, mas já não há mais como ser a hora do almoço.

Estou tomando um chá de camomila enquanto aguardo meu mil-folhas. O chá é para a bebê e o doce é para mim. Também estou escrevendo e me deleito com as páginas que preciso terminar para manter o cronograma. Estou bem no meio de uma parte ótima do romance; já li o livro inteiro pelo menos uma vez, então, sei o que acaba levando ao suicídio do homem e como a esposa vai seguir em frente, mas agora a minha maior motivação é transmitir a *mensagem* de cada uma das frases. Ser a escritora, interpretar esse papel. Quero colocar na página que estou escrevendo o ritmo da página que estou lendo. Enquanto vou traduzindo, também vou fazendo uma lista de perguntas que tenho para a autora e uma lista de observações para a editora que, no fim, vai ajustar o meu inglês. É o tipo de tarde vagarosa de que eu mais gosto — o fluxo antes das muitas pausas.

Na confeitaria movimentada, eu não teria problema em admitir que nunca fui uma mulher de muitos quereres. Não quero deixar meu nome na história. O que mais aprecio na tradução é poder passar meu tempo naquela terra de ninguém entre palavras de dois idiomas diferentes que podem ou não significar coisas similares ou até a mesma coisa. Ali eu descubro que o objetivo é alcançar não a "equivalência" — o espelho da tradução ainda vai ser um reflexo, afinal —, mas a representação. As distinções não são indistintas, porque você consegue enxergar as duas palavras com clareza. Cultura (e história, portanto) prevalece sobre a capacidade de cada idioma. E, no final das contas, é preciso haver respeito. É claro que existem exceções, e é nessas exceções que a tradutora se depara com escolhas. A tradutora sempre faz escolhas, mesmo que o leitor acabe achando que uma ou outra escolha tenha sido errada ou não necessariamente a melhor.

Um chute vindo da barriga me faz pensar sobre as escolhas de uma mãe. A mãe tem um idioma? Ela pode cultivar uma língua-mãe só dela? Ou só passá-la adiante... E a agência? Como se manifesta?

Minha fatia de torta chega e faz um único tremelique quando a garçonete coloca o prato na mesa. Ela já seguiu em frente antes mesmo de eu conseguir pedir um garfo.

Já volto sussurro para o prato e me levanto para buscar o garfo. O lugar está fervendo com entrevistas informais de emprego, estudantes com as caras enfiadas no laptop e casais dando aquele empurrãozinho para os sogros curtirem um docinho. As pessoas abrem caminho quando veem a minha barriga — devo parecer um dispositivo que vai explodir se alguém ficar perto demais. Cuidado aí, pessoal, vou detonar!

De volta ao mil-folhas e de volta às perguntas. Não consigo empurrar a cadeira para muito perto da mesa, mas não tem problema.

Vou tomando notas enquanto uso o garfo para fatiar o doce em pedaços menores e espalho creme por todo o prato. Meus movimentos com a caneta são distraídos, o açúcar do doce já começou a afetar o meu humor. Pouso uma mão na barriga, meio como se ela sempre tivesse sido assim, e me sinto contente comigo mesma.

Eu sou só este momento.

Ele a levou de novo, sem mim.

John me explica o que aconteceu e como foi o desenrolar dos eventos. Para ele foi apenas uma horinha passada na companhia de Button, mas eu mal consigo suportar. Quero arrancar meus cabelos, atirar a cabeça para trás como se estivesse tendo um ataque histérico, subir pelas paredes, esfaquear minhas coxas.

Button chorou sua primeira lágrima no pediatra. A dose da vacina aplicada naquela coxa curta reverberou por todo o corpinho e a primeira lágrima da vida dela rolou para fora do olho e deslizou pela bochecha, indo parar dentro da minúscula concha que é o ouvido. O rosto tremeu-se, vermelho. A boca se esgarçou de um jeito tão implacável como o grito que soltou. Fez a língua tremer, bem lá atrás. Eu não estava presente e ainda assim vejo a cena como se estivesse acontecendo na minha frente.

Foi uma gotinha só, tão pequena e tão pura John comenta. Mas era, visivelmente, uma lágrima.

Você imediatamente falha como mãe. Como mãe, você falhou imediatamente. E eu não saio mais da cama pelo resto do dia.

O apartamento rapidamente vira do avesso. Fraldas sujas acumulam um cheiro fedido, pastoso e de matéria plástica, e as louças se proliferam na pia. Button chora sem parar em seu primeiro estado febril. O choro ecoa por todo o apartamento. John tenta acalmá-la com aconchegos e carinhos, cuidados e afagos. Ela parece enfim ter se rendido ao sono, pois não consigo mais escutá-la. John retorna ao quarto de mãos vazias, exausto. Senta-se ao meu lado. Diz que está na hora de eu ir lá fora.

Isso não tem mais graça.

Coloca uma das mãos em meu ombro.

Eu me escondo debaixo das cobertas, ignoro a pressão em meu peito, renego minhas responsabilidades, me recolho inteira em fadiga e tento evitar os olhos dele.

Por quanto tempo mais você quer continuar nessa?

O peso da mão dele é ao mesmo tempo enorme e imperceptível.

Já se passaram vários dias e você ainda não saiu do apartamento. Para arrematar esse raciocínio, ele acrescenta: *Não dá pra continuar nessa — você não é assim.* Mais uma apertadinha no meu ombro. Levanto a coberta de cima da minha cabeça.

E como eu era antes? Não era isso que ele estava esperando ouvir e começa a chorar.

Isso é uma raridade. Ele chora feito alguns outros homens. Um choro sutil, que quase não se percebe, mas os olhos dele estão marejados. Ele tenta colocar as lágrimas de volta para dentro e a parte inferior dos olhos acaba úmida.

Testemunhá-lo nesse estado traz só uma pontada de prazer e na verdade muita dor. E agora, como vai ser?

John?

Não era assim ele diz.

Não era assim.

Ele pede desculpas, mas vai ter que retornar para o escritório, já passou da hora de voltar, o que significa que outro jeito de dizer "ele a levou de novo, sem mim" é "eu o fiz ir sem mim".

Há gotas caindo do teto.

Ao esquadrinhar a rachadura a partir de nossa cama, vejo que ela se ramifica em texturas de azuis, verdes e cinza-escuros. Eu nunca tinha visto essas cores no teto. Me passa pela cabeça a possibilidade de acordar John para perguntar se ele não acha que as rachaduras parecem mais longas, mas será que ele não vai dizer que elas sempre estiveram ali?

É a primeira parte da noite e até agora tudo certo com Button no moisés. Ainda não chegamos a meia-noite, a noite ainda não rebentou por completo.

Uma gota de água cai na lateral da minha testa. Olho para cima e a breve luz de algumas gotas mais pesadas confirma que estamos deitados debaixo de uma espessa abóbada de umidade. Será que devo fazer alguma coisa? John vai dizer que é só a minha imaginação. Outra gota insiste — eu deveria fazer alguma coisa.

Silenciosa, levanto da cama e apanho meu robe na escuridão. Ainda há tempo de pensar duas vezes enquanto amarro a faixa ao redor da cintura. Mas em vez disso calço meus sapatos no hall de entrada e deixo a porta parcialmente aberta para não ter que levar as chaves.

Nas escadas, uma severa luz amarela se acende automaticamente. Meus olhos precisam de um segundo a mais para se acostumarem e, conforme vou arrastando meus pés escada acima, imagens perturbadoras aparecem diante de mim. Elas são o meu fim ou a minha libertação. O piso de Peter cede enquanto estou na escada. O impacto acontece de maneira tão violenta que é impossível determinar se Button morreu sufocada ou esmagada. John consegue escapar ileso porque ele é o John e não fez nada de errado. A culpada sou eu, a mãe que deixou a criança sozinha. John pede o divórcio depois do trauma de perder nossa única filha. Eu acabo arranjando uma vida nova em outra cidade, uma vida ainda mais modesta do que antes, engaiolada num apartamento de um quarto que de jeito nenhum pode ter vista para o parquinho por medo de ver alguma criança pela janela. Só me resta a tradução. Não sou mais mãe. Nunca mais saio de dentro do apartamento.

O enredo imaginado chega ao fim quando alcanço a porta de Peter. Não houve nenhuma vertigem, e mesmo assim não sei como consegui sair daquilo. A compreensão é a minha libertação, parece. Os dias passados dentro do apartamento chegaram ao fim, e aperto um pouco mais forte a faixa do robe ao redor da cintura. Agora, sou eu quem bate à porta. Escuto alguns barulhos e então o silêncio. A porta se abre e com ela aparece a cabeça de Peter. Vejo basicamente uma testa larga e um par de olhos cansados, meio fechados por causa da luz.

O que você quer? ele pergunta, e não sei ao certo como começar, mas sei que não tenho muito tempo.

Tem um vazamento. A água está pingando.

Sem vazamento ele responde. Só posso estar inventado uma coisa dessas. Ele diz que eu deveria voltar a dormir. Está fechando a porta na minha cara.

Boa noite ele acrescenta.

Espera.

Ficamos em silêncio por um só instante e, debaixo da quietude na escada, emerge uma distinta e dolorosa exclamação.

Peter diz que minha bebê está chorando, não tenho mais muito tempo.

Desculpa eu peço. *É só que eu acho que tem algo errado com o nosso teto.*

Imploro para que ele me deixe entrar rapidinho e então prometo que vou deixá-lo em paz assim que eu tiver dado uma olhada.

Os olhos de Peter ainda têm vida mas a corcunda é preocupante, é como se o corpo estivesse tentando dizer alguma coisa. Ele abaixa levemente sua cabeça de idoso, está prestes a fechar a porta, e ele fecha a porta, mas também move o tanque. Juntos, os dois dão alguns passos para trás e abrem caminho para que eu possa entrar.

Dou passos lentos ao passar por eles, tomada pela certeza de que nossa vida mudará depois desta visita. O ar está incrivelmente úmido, como se eu estivesse em um terrário. Dentro do apartamento pouco iluminado, preciso me localizar. Meus olhos precisam se ajustar. Há algo maior do que eu ocupando quase todo o espaço. A princípio, não sei o que é que está na minha frente; uma escultura bizarramente grande ou mal posicionada clama por atenção no meio do cômodo.

Mais tarde, quando eu explicar isso a John, direi que era um pedregulho gigantesco. Era amparado por um apetrecho de madeira e repousava em uma piscina baixa com água turva. John vai escutar e acreditar no que estou dizendo porque ele me ama. O cheiro terroso do cômodo me transporta de novo para onde Peter e eu estamos. Não é possível que ainda estejamos na cidade e, no entanto, estamos. O pedregulho é iluminado por uma série de luzinhas dependuradas que estão conectadas a um temporizador fazendo um tique-taque discreto ao canto. Uma mangueira longa serpenteia ao redor da pedra e por cima dela. É amparada por um outro apetrecho delicado, uma espécie de braço estendido em pleno arremesso. A água jorra cuidadosa da mangueira em um fluxo lento, pingando meditativamente por cima da pedra — que emite uma luz trêmula diante de nós, ostentando uma beleza imperturbável, e é difícil desviar o olhar. Alguma coisa começa a ronronar aos meus pés, tentando flertar comigo. O gato preto de Agata rodeia meus tornozelos fazendo um oito, também demanda a minha atenção.

É só depois de compreender os diferentes contrastes de luz dentro do cômodo que consigo olhar aquilo que tinha me passado despercebido. Reluz de maneira tão óbvia diante de mim que fico desconcertada por não ter notado. A cor é de um verde-esmeralda magnânimo.

Ela era melhor nisso.

Peter explica que Agata tinha dessas; ela construiu um carpete feito de musgo, e, desde a morte dela, Peter vinha tentando preservar a criação, mas era impossível, *lehetetlen*.

O homem mede suas palavras, age como se estivesse cansado ou faminto ou prestes a chorar, e não sabe onde enfiar os braços, de tão longos. Cá está a insustentabilidade da situação. Peter também não deve ter mais muito tempo.

Acompanho a água que vem da pedra e percebo que ela flui para além da piscina turva. Ela se infiltrou pelo apetrecho de madeira e pelo carpete que centraliza o cômodo. Eu até que estava certa. Talvez a gente caia atravessando o chão a qualquer instante.

Se eu não fizer nada, o pedregulho vai desabar através do teto empapado e arruinar a nossa casa. As paredes não vão mais sustentar, meu casamento vai chegar ao fim e minha filha vai perder a mãe.

Miffo precisa ir embora.

Ai, Peter.

Hoje talvez ainda estejamos bem, mas amanhã não.

Acho que não posso mais fazer isso.

Se eu não fizer nada, tudo vai desmoronar.

Não.

Se eu não sair deste prédio, Peter vai desabar e vai me levar me junto.

A gente não pode mais fazer isso.

Eu preciso sair.

E você tem que ir.

Parabéns, mamãe! uma pessoa desconhecida grita lá do outro lado da rua enquanto estou sentada nos degraus da entrada do prédio, desfrutando um sorvete. O sol está brilhando.

Obrigada!

Levanto minha mão melequenta. É um daqueles sorvetes baratos de quatro dólares, mas o cara da delicatéssen gosta de mostrar seu carinho especial pela minha imensa barriga e aceita apenas três dólares.

O chocolate derrete tão rápido que não consigo pegá-lo com a língua. O creme escorre pelos meus dedos até a palma, e, para amplificar a gula, começo a lamber minha mão. Os degraus não são o lugar mais confortável do mundo, mas minhas pernas estão cansadas e a lombar dói com todo esse peso para carregar. Estou tão redonda que já cheguei ao meu limite e quase sempre preciso parar para recuperar o fôlego.

E sempre cabe um sorvete.

Deixo um dos meus dedos circular a gigantesca abóbada de barriga e o açúcar aciona uns chutinhos, fazendo a pele se espichar em protuberâncias irregulares.

O que é você aí dentro? Lilla säl.

Pequenina foca, o que é você.

Gotas de chocolate aterrissam na malha esticada do vestido antes mesmo que eu consiga pegá-las. Tirar o excesso é difícil e eu acabo piorando a situação, mas não tem problema, não me incomodo de parecer glutona. Eu agora sou um redondo amontoado de libertação. Cheia de vida. Você vai ver só.

Chamo John para se sentar comigo no sofá, o agradável e entediante epicentro do nosso lar. Ele vem e acomoda o pescoço na almofada, uma posição que direciona seu olhar para o teto. A ruptura acima de nós aflora, vasta e gigantesca, exibindo contornos sombrios. Chegou a hora.

Em algum momento depois que isto tudo tiver passado, vou pesquisar de onde vem a palavra "sujeição". Ela vai adquirir um novo sentido conforme eu começar a usá-la. Mas, antes, quero tentar dizer que:

A gente ficava feliz quando se via.

Como assim? ele pergunta.

Tinha uma coisa que você fazia. Você sempre erguia a cabeça pra me olhar quando eu chegava. Não importava o que você estivesse fazendo e nem onde a gente estava, você sempre parava pra me admirar.

Eu ainda faço isso.

Não desde que ela nasceu.

Ele hesita.

Faz só umas semanas e a gente tá exausto.

É que faz uma falta tremenda pra mim. E agora eu tenho a sensação de que tô sozinha nessa.

Isso não é verdade.

Ele me abraça; um reflexo.

Bom, mas é a sensação que eu tenho. Tá — posso tentar explicar?

Tá bom.

E me passa pela cabeça uns pensamentos horríveis de que eu vou machucar ela.

Você não vai fazer isso.

Como é que você tem tanta certeza? Não vou mencionar as facas. John hesita com meu questionamento; ele também não menciona as facas.

Eu vou ver se consigo uma folga no trabalho ele enfim sugere, com outro abraço. *Vou brigar lá pra tirar uns dias. E a gente vai fazer você dormir mais, e procurar mais ajuda também.*

Ele estava tentando ficar ao meu lado esse tempo todo.

A exaustação em meu corpo se alivia, o próprio corpo se entrega e chora. John me deixa estremecer por alguns instantes, espera eu terminar, espera. A luz no apartamento é gentil, ainda que o teto possa desabar em cima de nós a qualquer momento.

Vamos tomar um pouco de ar fresco. Acho que todo mundo aqui tá precisando e antes que eu tenha a chance de me opor John já fisgou Button da soneca e se dirigiu até a porta. Ela fica pendurada nos braços dele, meio largada, mas não como se estivesse morta. Um pouco mais confiante desta vez, John a afivela ao peito. Deixa meus sapatos já prontos para calçar.

Primeiro John sussurra o nome dela como se ainda estivesse se acostumando com ele e depois diz o meu nome, para que eu não o confunda com o nome de alguém como Miffo. Saídas da boca dele, nós temos o som de frutas frescas. É difícil resistir ao John.

Calço meus sapatos, mas não lavo meu rosto. Com Button afivelada ao peito de John, sigo minha família lá para fora e o alívio de estar com as duas mãos livres tranquiliza a mente. Passamos diante do quadro de avisos e notamos que há um novo pedaço de papel fixado nele. O memorando anuncia uma cerimônia por ocasião da morte de um morador. Vai acontecer daqui a quatro dias, a sete quadras de distância. Inclui a fotografia de um Peter dez ou quinze anos mais jovem. Ainda era bonito e não estava amarrado ao tanque.

Diz aí como ele morreu? John pergunta e segura a porta aberta para que eu possa atravessá-la. Balanço a cabeça para indicar que não e toco a imagem xerocada do nosso vizinho. Ele tem uma fagulha no olhar, uma pessoa muito importante para ele deve ter tirado a foto.

Não diz quase nada, só o local e o horário da cerimônia.

Nós concordamos que vamos tentar comparecer.

Passamos a porta de entrada e, assim que chegamos aos degraus, preciso me sentar.

Posso me sentar um minutinho? Só um segundo, quem sabe dois, mas eu realmente gostaria de me sentar. Já faz um tempo desde que olhei para o céu, para cima.

É claro que sim John responde. Ele vai descendo o restante dos degraus até chegar à calçada, ficando um pouco mais distante e um pouco mais abaixo de onde estou. Ele espia o próprio peito, conferindo se está tudo bem com Button, e em seguida admira nossa rua com várias inspirações profundas e olhos vastos, panorâmicos. É mais um fim de tarde na cidade. A estrela brilhante e em chamas está começando a se esconder atrás do nosso prédio.

Button mostra a John um sorrisinho meio torto, completamente alheia ao fato de que quando faz isso ela lembra um idoso sonolento em miniatura. Sinaliza seu contentamento com sons diminutos, muito por conta da curiosidade que sente com as coisas que estão ao seu redor, as luzes que dançam em seu rosto ou a origem da brisa suave que toca sua pele. De onde estou sentada, percebo que eles dois fazem um belo par.

O pôr do sol, essa hora de ouro, reflete em nossa pele para me lembrar: esta é a minha hora favorita.

Agradecimentos

Kate Johnson viu algo na minha escrita muito antes de Miffo começar a arranhar a porta. Ela é minha agente, minha amiga, minha confidente para a maternidade e artista como eu, e só tenho a lhe agradecer. Sempre terei a sensação de que todos os meus obrigadas nunca serão suficientes.

Obrigada a toda a equipe da Wolf Literary Services por ser tão gentil comigo, especialmente Kirsten Wolf.

Obrigada a Lisa Lucas, que me incentivou a "contar a verdade inteira até a última gota". Foi a sua fé inabalável neste livro que me fez enfim acreditar em mim mesma como escritora, e eu fico de queixo caído com a sua força.

Juliet Mabey acrescentou observações incrivelmente cuidadosas e generosas durante todo o processo de edição. Obrigada por todo o carinho que você colocou nestas páginas e também por me ajudar a acertar na mosca as tetas vazando leite.

Produzir e publicar um livro é um processo que envolve muita gente, e eu sou muito grata ao pessoal da Pantheon Books e da Oneworld Publications, que sempre acreditaram neste. Pelas muitas pequenezas que foram tratadas com tanta leveza, entusiasmo e bondade, preciso agradecer a Zachary Phillips, Sarah Pannenberg, Amara Balan, Polly Hatfield, Kate Bland, Lucy Cooper e Hayley Warnham. E obrigada a Nicole Pedersen e Karen Thompson, que pacientemente trabalharam com a minha prosa intencionalmente estrangeira e os meus erros de digitação não intencionais. Um muito obrigada especial para Michiko Clark, detentora de um entusiasmo contagiante. Obrigada também a Camilla Ferrier, Jemma McDonagh e Brittany Poulin, da Marsh Agency, por tudo o que vocês fizeram. E Saliann St-Clair também — você é incrível.

Obrigada a Linda Huang por ter desenhado uma capa tão maravilhosa para o livro, e a Ben Mistak por me deixar bonita no retrato.

O trabalho de Agata e os trechos sobre musgo foram inspirados no livro *Gathering Moss* [Reunindo musgo], de Robin Wall Kimmerer, e no projeto Northern Forest Atlas, de Jerry Jenkins. Sou grata a Maximilian Blaustein, que ajudou a verificar se o que está aqui neste livro fazia pelo menos um pouco de sentido.

Preciso agradecer também aos primeiros editores de outros países que viram algo em Miffo: Flávio Moura e Ana Paula Hisayama, Olivier Espaze, Ádám Halmos e Ákos Déri. Um muito obrigada especial a Friederike Schilbach, que disse *Incrível, sim, continua* quando eu tinha só algumas páginas. Você não sabe o quanto isso significou naquele momento.

E, por falar também em primeiros rascunhos, obrigada a Kyle Kabel, Melanie LaBarge e Jana-Maria Hartmann, que ofereceram feedbacks tão incisivos e me encorajaram tanto. Depois que contei para minhas amigas e meus amigos sobre o projeto, foi como se ao menos em parte eu estivesse escrevendo para todos eles. E Erin Edmison e Beniamino Ambrosi; obrigada aos dois por me darem uma amizade tão bonita, mas também por acreditarem em mim como escritora. Essas duas coisas nem sempre andam de mãos dadas.

Foi um grupo de escrita que me recebeu de braços abertos quando cheguei a Austin e foi esse grupo que me motivou a continuar escrevendo — preciso agradecer a Adeena Reitberger, Amanda Faraone, Marta Evans, Katie Angermeier Haab e

Tayler Heuston, que estavam na torcida lá atrás quando eu só tinha umas poucas páginas meio bagunçadas.

Obrigada a Ursel Allenstein, Hans Jürgen Balmes, Deni Ellis Béchard, Peter Blackstock, Peter Harper, Mary Krienke, Laura Mamelok, Julie Paludan-Müller, Mikkel Rosengaard, Amy Marie Spangler e Cathrin Wirtz pelas muitas conversas sobre arte, literatura e escrita nos últimos anos.

Se algumas pessoas têm uma "metade da laranja", então, eu posso ter uma irmã da escrita? Olga Vilkotskaya, você vai me entender. Tenho muita sorte de ter você na minha vida.

Obrigada às minhas famílias — os Molnar, os Grosskopf, os Martins — pela generosidade, pelo amor e pelo apoio sem limites.

Obrigada a Vera, por fazer de mim uma escritora melhor, e a Emery, por fazer de mim uma escritora mais feliz.

Comecei a escrever este romance lá em 2018, e eu não teria conseguido vencer os últimos três anos sem o amor do meu marido. Este livro é dedicado a ele.

© Szilvia Molnar, 2023

Todos os direitos desta edição reservados à Todavia.

Grafia atualizada segundo o Acordo Ortográfico da Língua
Portuguesa de 1990, que entrou em vigor no Brasil em 2009.

capa
Linda Huang
preparação
Laura Folgueira
revisão
Tomoe Moroizumi
Gabriela Rocha

Dados Internacionais de Catalogação na Publicação (CIP)

Molnar, Szilvia (1984-)
Máquina de leite / Szilvia Molnar ; tradução Marcela
Lanius. — 1. ed. — São Paulo : Todavia, 2024.

Título original: The Nursery
ISBN 978-65-5692-581-3

1. Literatura norte-americana. 2. Romance.
3. Maternidade. I. Lanius, Marcela. II. Título.

CDD 813

Índice para catálogo sistemático:
1. Literatura norte-americana : Romance 813

Bruna Heller — Bibliotecária — CRB 10/2348

todavia
Rua Luís Anhaia, 44
05433.020 São Paulo SP
T. 55 11 3094 0500
www.todavialivros.com.br

fonte
Register*
papel
Pólen natural 80 g/m²
impressão
Geográfica